中小学生阅读指导书系
ZHONG XIAO XUESHENG YUEDU ZHIDAO SHUXI

WUBOXIAO SANWEN XUAN

吴伯箫散文选

吴伯箫 / 著

人民教育出版社

·北京·

"中小学生阅读指导书系"编委会

主　　任：王　岳
主　　编：王　林　王迎兰
委　　员：（以姓氏笔画为序）
　　　　　王　鑫　王丹丹　刘焕阁　陈　晨　邵　梦　郝　韵　殷婉莹

责任编辑：殷婉莹
版式设计：杨　静
封面设计：杨　静
封面插图：于中飞

图书在版编目（CIP）数据

吴伯箫散文选 / 吴伯箫著. —北京：人民教育出版社，2022.1
（中小学生阅读指导书系）
ISBN 978-7-107-36485-3

Ⅰ.①吴…　Ⅱ.①吴…　Ⅲ.①散文集—中国—当代　Ⅳ.①I267

中国版本图书馆 CIP 数据核字（2022）第 018210 号

中小学生阅读指导书系　吴伯箫散文选

出版发行	人民教育出版社
	（北京市海淀区中关村南大街 17 号院 1 号楼　邮编：100081）
网　　址	http://www.pep.com.cn
经　　销	全国新华书店
印　　刷	人民教育出版社印刷厂有限公司
版　　次	2022 年 1 月第 1 版
印　　次	2022 年 6 月第 1 次印刷
开　　本	890 毫米 × 1240 毫米　1/32
印　　张	7
字　　数	140 千字
定　　价	24.00 元

版权所有·未经许可不得采用任何方式擅自复制或使用本产品任何部分·违者必究
如发现内容质量问题、印装质量问题，请与本社联系。电话：400-810-5788

绿色印刷　保护环境　爱护健康

亲爱的读者朋友：
　　本书已入选"北京市绿色印刷工程——优秀出版物绿色印刷示范项目"。它采用绿色印刷标准印制，在封底印有"绿色印刷产品"标志。
　　按照国家环境标准（HJ2503—2011）《环境标志产品技术要求　印刷　第一部分：平版印刷》，本书选用环保型纸张、油墨、胶水等原辅材料，生产过程注重节能减排，印刷产品符合人体健康要求。
　　选择绿色印刷图书，畅享环保健康阅读！

北京市绿色印刷工程

出版说明

"中小学生阅读指导书系",是根据《教育部基础教育课程教材发展中心 中小学生阅读指导目录(2020年版)》(以下简称《指导目录》)编辑出版的丛书。

近年来,国务院《政府工作报告》多次提出倡导和推动全民阅读,全民阅读已经不仅关乎个人修养与素质,而且关乎国家文化软实力与核心竞争力。从近年来我国参加的国际学生学业能力测试来看,我国学生基础知识和基本能力测试成绩居于前列,但阅读数量相对不足,阅读能力有待提高,需要进一步培养学生的阅读兴趣和阅读习惯,促进学生在系统阅读、深层次阅读中发现问题、思考问题、增长见识、提升素养。但是,当前市场上的图书种类繁多、数量巨大,中小学校、家长、学生无所适从,需要专家依据中小学生身心发展特点和教育规律,从古今中外的作品中推荐少而精的优秀作品,让学生在有限的时间内提高阅读效率和阅读质量。

《指导目录》由来自国家教材委、有关高校、研究机构和中小学校的110多人组成的专家团队,经过基础研究、专业推荐、深入论证多个环节,根据儿童不同时期的心智发展水平、认知理解能力和阅读特点，从古今中外浩如烟海的图书中精心遴选出 300 种图书，分为小学、初中、高中三个学段进行推荐。

《指导目录》以习近平新时代中国特色社会主义思想为指导，体现马克思主义中国化最新成果，努力突出方向性、代表性、适宜性、基础性、全面性和开放性，力求兼顾多个学科、不同时代、多种文化和世界多个地区。

本书遵循教育部推荐的版本，并附加了"读前准备""阅读建议""拓展资料""读后闯关"等栏目，突出整本书阅读方法，引导学生阅读。

"读前准备"简介图书和作者，激发阅读兴趣；"阅读建议"简要提示阅读方法，引导学生关注阅读重点；"拓展资料"收入经典文章，介绍作者生平、创作思路；"读后闯关"联系教学实际，精选中考真题和模拟习题，巩固学生阅读成果。

我们在设计这些内容时，杜绝死板枯燥，突出阅读趣味，鼓励学生沉浸在阅读中，享受阅读，爱上阅读！

编者

二〇二〇年七月

目录

读前准备 / i
阅读建议 / vi

灯笼 / 1
话故都 / 6
马 / 13
羽书 / 20
我还没见过长城 / 25
踏尽了黄昏 / 31
游击司令唐天际 / 41
沁州行 / 49
响堂铺 / 81
夜摸常胜军 / 88
马上的思想 / 103
战斗的丰饶的南泥湾 / 111

文件 / 120
"调皮司令部" / 127
打娄子 / 135
黑红点 / 148
游击队员宋二童 / 158
记一辆纺车 / 166
延安 / 173
春秋多佳日 / 178
窑洞风景 / 182
访南糯山 / 189
钥匙 / 193

拓展资料 / 198
读后闯关 / 205

读前准备

❶《吴伯箫散文选》的主要内容是什么？

这本《吴伯箫散文选》收录了散文家吴伯箫不同时期的作品。这些作品大多见于他的文集《羽书》《潞安风物》《黑红点》《北极星》中。

从北京师范大学毕业后，吴伯箫在青岛、济南的学校工作，结识了闻一多、王统照、老舍、洪深等人，交流创作，共同进步。这几年的散文集成《羽书》，其中《灯笼》《话故都》《马》《羽书》《我还没见过长城》等收入本书。这些散文以飘逸浪漫的笔触回顾故乡童年、描画风土人情、抒发个人情思，余韵悠长，是作者早期散文的代表作。后来，吴伯箫把稿本托付给了王统照。定名《羽书》也是王统照的意见，因为"羽书"是鸡毛翎子文书，是古代的一种紧急军事公文，"正好适应抗日战争初期的形势"。战火连天，《羽书》幸得保存，搁置两年多才得以问世。

《潞安风物》是吴伯箫抗日战争初期作品的选集。经过血与火的洗礼，他的创作迈入新阶段。本书收录了其中的《夜摸常胜军》《响堂铺》《沁州行》《马上的思想》等脍炙人口的战地通讯和散文。这些作品基于丰富感人的战地前线素

i

材，笔力雄健；写人写事，都蓄满一种昂扬向上的战斗精神，让人心生奋勇之气。《黑红点》中的大多是他1943年到1944年的作品，写抗日战争中后期的敌后战斗和生产建设，本书收录了其中的《黑红点》《打娄子》《文件》《游击队员宋二童》《"调皮司令部"》《战斗的丰饶的南泥湾》等。作品角度独特，故事性强；斗争和生产虽然是严肃的，但作品基调乐观明快，人物无论是单个还是团体，都充满主人翁式的干劲。新中国成立后，作家将五六十年代的一部分作品集成《北极星》一书。他以十几年革命的历练为基础，饱含激情地写下《记一辆纺车》《延安》《窑洞风景》等名篇，于平凡的一辆纺车、一座窑洞、一处菜地中窥见伟大，洋溢着豪迈的革命精神，彰显了党和人民的力量。

❷ 吴伯箫是一位什么样的作家？

吴伯箫是我国现当代著名的散文家、语文教育家。1906年，他出生在山东莱芜一个半耕半读的家庭。1925年，他考入北京师范大学。来到北京，他的思想得到冲击和解放，"满怀是一种冲破黑暗、探求光明如饥似渴的心情"。在学期间，他传阅《共产主义ABC》《夜未央》等油印书刊，参与创办小报《烟囱》，还坚持写日记。由于曾在师范学校学习，又当过家庭教师，他热心投入北师大附设的平民学校的教学工作。从北师大英文系毕业后,他去青岛工作,以《羽书》为代表的散文已展现了出众的才华。1938年,他奔赴延安参加革命,在晋东南亲身感受战争前线的境况,投身于火热的抗战文艺工作,由此开始思想的进一步跃升,走向更为广阔的天地。

他的创作,前期偏重个人生活,清新浪漫,大胆探索艺术形式;在深入战地后,转向报告文学,内容广泛,善于选材和剪裁,往往能抓取最触动人心的细节,以独到的角度、精练的笔法,生动呈现战争中的人和事。他还写得一手好书法,翻译过一些外国文学作品。

这样一个中英文兼通、文教并举的名家,给人的第一印象是"魁梧的山东大汉","脸是方的,口是方的,肩膀也是方方厚厚的,讲起话来有浓重的山东口音,总是眯着眼睛,含着慈祥的微笑"。他待人真挚直率,爱憎分明,工作严谨务实,生活作风简朴。据同事回忆,"他总是穿一身布衣服,冷天披一件军大衣;调到文学研究所工作后,上下班多是步行,很少坐车子"。在他书房的墙壁上,挂着一个镜框,里面有"努力奋斗"四个毛笔字。这是1938年他得到的毛主席的题词,也成为了他后半生用以自勉的箴言。

❸ 吴伯箫的散文有什么特点？

　　在《大公报》文艺栏上我读到他的文艺通讯，不但见出他的生活的充实，而字里行间又生动又沉着，绝没有闲言赘语，以及轻逸的玄思，怊（chāo）怅的怀感；也没有夸张，浮躁，居心硬造形象以合时代八股的格调。……伯箫好用思，好锻炼文字，两年间四方流荡，扩大了观察与经验的范围，他的新作定另有一样面目——我能想到不止内容不同，就论外貌，也准与这本《羽书集》有好大区别。

——王统照（著名作家）

　　《北极星》显示了他在思想和艺术上的飞跃，既保持了《羽书》中情思袅袅的长处，又显得深沉和阔大，在思想和艺术上都有着重大的发展。长期的革命生涯使作者的思想得到了升华，感情得到了锤炼。在写得相当质朴和明朗的文字中，蕴藏着一种内在的情感，振响着一种内在的韵律，显得很深沉和厚实，像鼓点似的敲击出时代的节拍，像颂歌似的激荡着革命的情操，将读者引向崇高的思想境界中去，这是作者琢磨了几十个寒暑之后的收成，既总结了他的思想，也总结了他的艺术。

——林非（中国散文学会原会长）

吴伯箫有丰富的中外文学素养，长期从事教学和编辑工作，知识面广阔。同时，他认为："好的文学作品，对祖国的历史、文物、土地、山川都会涂一层灿烂的彩色。"所以，他的初期作品就以铺排历史掌故风俗民情见长。后来，尽管他写作不同的题材和体裁，这个特点多少都保留着，因此他的作品有渊雅之致；加以语言错落多姿，在众家中尤显出独特的风调。

——俞元桂（福建师范大学中文系教授）

阅读建议

❶《灯笼》《马》《羽书》《我还没见过长城》等篇，不但有对早年生活的怀念，还有对家国命运的关切，既蕴含种种柔情，又激扬雄心壮志。文章以一样具体事物为线索联想开去，情感丰沛而富于变化，在逐层推进中自然升华。阅读时，第一遍先通读，把握文章大意；第二遍请放慢速度，在段落旁写出"我"此时的情感。读后将各段旁批汇总，整理出文章的情感变化脉络。我们写文章时，怎样表达情感才不会过于直白刻板呢？如何在一篇文章中抒发不同的情感呢？不同的情感之间如何自然地转接呢？通过这种整理，相信你会得到启发。

❷ 作者在抗日战争期间写就的战地通讯，如《沁州行》《响堂铺》《夜摸常胜军》《打娄子》等，娴熟地运用以小见大、点面结合的方法，将个人、群像乃至环境都描写得鲜明动人。在人物的面貌、言谈、行动中，在战斗排布、部队生活、军民合作的丰富细节中，我们能看到中国人对抗战胜利的信心和中华民族精神的伟大。第一遍阅读，注意人物的性格、精神，思考作者为什么选取这样的写作对象。第二遍阅读，找找文中有哪些"点"和"面"，画出你认为最动人的描写，

和同学们交流。

❸ 吴伯箫的散文长短句交错，博采众典，兼用文白，又吸收方言俗语，将汉语的魅力展现得淋漓尽致。在理解作品的思想感情后，你可以尝试朗读，感受其声韵之美，还可以画出其中的诗文、典故、方言和俗语，借助脚注和其他工具书理解它们的意思。同时，请你和同学讨论：作者引用的内容、引用的频率是否合适？作者不同时期的作品在语言运用上有什么差别？

灯笼

  虽不像扑灯蛾,爱光明而至焚身,小孩子喜欢火,喜欢亮光,却仿佛是天性。放在暗屋子里就哭的宝儿,点亮了灯哭声就止住了。岁梢寒夜,玩火玩灯,除夕燃滴滴金①,放焰火,是孩子群里少有例外的事。尽管大人们怕火火烛烛的危险,要说"玩火黑夜溺炕"那种迹近恐吓的话,但偷偷还要在神龛(kān)里点起烛来。

  连活活的太阳算着,一切亮光之中,我爱皎洁的月华,如沸的繁星,同一支夜晚来挑着照路的灯笼。提起灯笼,就会想起三家村的犬吠,村中老头呵狗的声音;就会想起庞大的晃荡着的影子,夜行人咕咕噜噜的私语;想起祖父雪白的胡须,同洪亮大方的谈吐;坡野里想起跳跳的磷火,村边社戏台下想起闹嚷嚷的观众,花生篮,冰糖葫芦;台上的小丑,花脸,《司马懿探山》②。真的,

---

①滴滴金:一种烟火花炮名。点燃后,火花四溅,并不炸响。
②《司马懿探山》:豫剧、山东梆子等地方戏曲剧种的传统剧目。讲述的是司马懿在攻打街亭前,带领两个儿子巡山查看军情的故事。

灯笼的缘结得太多了，记忆的网里挤着的就都是。

　　记得，做着公正乡绅的祖父，晚年每每被邀去五里遥的城里说事，一去一整天。回家总是很晚的。凑巧若是没有月亮的夜，长工李五和我便须应差去接。伴着我们的除了李老五的叙家常，便是一把腰刀、一具灯笼。那时自己对人情世故还不懂，好听点说，心还像素丝样纯洁，什么争讼吃官司，是不在自己意识领域的。祖父好，在路上轻易不提斡（wò）旋着的情事，倒是一路数着牵牛织女星谈些进京赶考的掌故——雪夜驰马，荒郊店宿，每每令人忘路之远近。村犬遥遥向灯笼吠了，认得了是主人，近前来却又大摇其尾巴。到家常是二更时分。不是夜饭吃完，灯笼还在院子里亮着吗？那种熙熙然庭院的静穆，是一辈子思慕着的。

　　"路上黑，打了灯笼去吧。"

　　自从远离乡井，为了生活在外面孤单地挣扎之后，像这样慈母口中吩咐的话也很久听不到了。每每想起小时候在村里上灯学①，要挑了灯笼走去挑了灯笼走回的

---

①灯学：有些地方称早起去学校读书或晚上到学校上自习为上灯学。

事，便深深感到怅惘。母亲给留着的消夜食品便都是在亲手接过了灯笼去后递给自己的。为自己特别预备的那支小的纱灯，样子也还清清楚楚记在心里。虽然人已经是站在青春尾梢上的人，母亲的头发也全白了。

乡俗还愿，唱戏、挂神袍而外，常在村头高挑一挂红灯。仿佛灯柱上还照例有些松柏枝叶做点缀。挂红灯，自然同盛伏舍茶、腊八施粥一样，有着行好的意思；松柏枝叶的点缀，用意却不甚了然。真是，若有孤行客，黑夜摸路，正自四面虚惊的时候，忽然发现星天下红灯高照，总会以去村不远而默默高兴起来的吧。

唐明皇在东宫结绘彩为高五十尺的灯楼，遍悬珠玉金银而风至锵然的那种盛事太古远了，恨无缘观赏。金吾不禁①的那元宵节张灯结彩，却曾于太平丰年在几处山城小县里凑过热闹：跟了一条龙灯在人海里跑半夜，不觉疲乏是什么，还要去看庆丰酒店的跑马灯，猜源亨油坊出的灯谜。家来睡，不是还将一挂小灯悬在床头吗？梦都随了蜡火开花。

---

①金吾不禁：指元宵节开放夜禁，允许人们终夜观灯。金吾，古代官名，掌管京城戒备防务。

想起来，族姊远嫁，大送大迎，曾听过彻夜的鼓吹，看满街的灯火；轿前轿后虽不像《宋史·仪卫志》载，准有打灯笼子亲事官①八十人，但辉煌景象已够华贵了。那时姊家仿佛还是什么京官，于今是破落户了。进士第的官衔灯②该还有吧，垂珠联珑③的朱门却早已褪色了。

用朱红在纱灯上描宋体字，从前很引起过自己的喜悦；现在想，当时该并不是传统思想，或羡慕什么富贵荣华，而是根本就爱那种玩意，如同黑漆大门上过年贴丹红春联一样。自然，若是纱灯上的字是"尚书府"或"某某县正堂④"之类，懂得了意思，也会觉得不凡的；但普普通通一家纯德堂的家用灯笼，可也未始⑤勾不起爱好来。

宫灯，还没见过；总该有翠羽流苏⑥的装饰吧。假定是暖融融的春宵，西宫南内⑦有人在趁了灯光调绿嘴

---

①亲事官：宋代禁军军卒，负责警戒、守卫、稽查等事务。
②进士第的官衔灯：这里指悬挂在族姊家门前写有官员职衔的纱灯。族姊家可能有人中过进士，故称其宅第为"进士第"。
③垂珠联珑：悬挂、装饰有连串珠玉宝石，形容宅第的奢华。
④正堂：官府治事的大堂。
⑤未始：未必。
⑥翠羽流苏：指宫灯上的各种装饰物。翠羽，翠鸟的羽毛，古代多用作饰物。
⑦西宫南内：指宫廷内，皇宫。

鹦鹉，也有人在秋千索下缓步寻一脉幽悄（qiǎo），意味应是深长的。虽然，"……好一似扬子江，驾小舟，风狂浪大，浪大风狂①"的汉献帝也许有灯笼做伴，但那时人的处境可悯，蜡泪就怕数不着长了②。

最壮的是塞外点兵，吹角连营，夜深星阑时候，将军在挑灯看剑，那灯笼上你不希望写的几个斗方大字③是霍骠（piào）姚④，是汉将李广，是唐朝裴公⑤吗？雪夜入蔡，与胡人不敢南下牧马的故事是同日月一样亮起了人的耳目的。你听，正萧萧班马鸣也，我愿就是那灯笼下的马前卒。

唉，壮，于今灯笼又不够了。应该数火把，数探海灯⑥，数燎原的一把烈火！

---

①好一似……浪大风狂：传统戏曲剧目《逍遥津》中汉献帝的一句唱词。汉献帝，名刘协，东汉皇帝。
②蜡泪就怕数不着长了：意思是，和汉献帝的眼泪比，蜡泪就不算长了。蜡泪，蜡烛燃烧时流下的蜡烛油。数不着，算不上。
③斗方大字：这里指一尺见方的大字。斗方，书画所用的一尺见方的纸。
④霍骠姚：西汉名将霍去病。他前后六次出击匈奴，解除了匈奴对汉王朝的威胁。曾被封骠姚校尉，故名。
⑤裴公：指唐代大臣裴度。元和十一年（817），受命督师进讨淮西叛军。麾下名将李愬乘雪夜袭取蔡州，生擒叛军主帅吴元济。
⑥探海灯：即探照灯。

话故都

　　一别两易寒暑，千般都似隔世，再来真是万幸了。际兹①骊歌②重赋，匆匆归来又匆匆归去的时候，生怕被万种缱（qiǎn）绻（quǎn）③，牵惹得茶苦饭淡。来！尔座苍然的老城，别嫌唠叨，且让我像自家人似的，说几句闲杂破碎的话吧——重来只是小住，说走就走的，别不理我！连轻尘飞鸟都说着，啊，你老城的一切人、物。

　　生命短短的，才几多岁月？一来就五年六载地拖下去，好容易！耳濡目染，指摩踵接，筋骨都怕涂上了你的颜色吧；不留恋还留恋些什么？不执着还执着些什么？在这里像远古的化石似的，永远烙印着我多少万亿数的踪迹；像早春的鸟声、炎夏的鸣蝉、深秋的虫吟似的，在天空里也永远浮荡着我一阵阵笑，一缕缕愁，及偶尔的半声长叹。在这里有我浓挚的友谊；有我谆谆然

---

①际兹：际，正当。兹，这个。
②骊歌：告别的歌。
③缱绻：难舍难分；缠绵。

师长的训诲；有我青年的金色的梦境，旷世的雄心，及彻昼彻夜的挣扎与努力；也有我掷出去，还回来，往返投报的情热，及情热燃炙时的疯狂。还有，还有很多；我知道那些逝去了的整整无缺的日子，那些在一生中最可珍贵的朝朝暮暮，我是都给了你了，都在你和平而安适的怀抱里，消磨着，埋葬了。

因此，我无论漂泊到天涯，或是流浪到地角，总于默默中仿佛觉得背后有千万条绳索在紧紧地系着，使我走了一段路程，便回转头来眺望你一番，俯下头去想念你一番，沉思地追忆关于你的一切：当我于风雨凄凉，日晚灯昏，感到苦寂的时候，我想到在你这里那五六个人围炉话尽的雪夜，和放山石、采野花的那些春秋佳日。当我进退维谷①，左右皆非，感到空虚的时候，我想到在你这里过骆驼书屋②，听主人那忘机的娓娓不倦的谈话，和那巍然宏富的图书馆里，引人入胜的各家典籍的涉猎。在异乡受了人家的欺骗，譬如那热血所换到的冷水的欺骗，我只要忆起你这儿的友人曾信托我，帮助我，在极危急的时候拯救我的各种情形，我便得到很多的安

---

①进退维谷：进退两难。维，语助词。谷，山谷，比喻困境。
②骆驼书屋：现代作家、藏书家徐祖正的书屋名。

慰；即使抚今追昔，愈想愈委屈，而终于落泪吧，但内心是充满了喜悦的，说："小气的人呀！我是有朋友的，你其奈我何①！"

因此，我念着你西郊的山峦，那里我们若干无猜②的男女，曾登临过，游览过，逍遥过，大家争着骑驴，挨了跌还是止不住笑。我念着你城正中昂然屹立的白塔，在那里我们曾俯瞰过你伟大的城阙、壮丽的宫院，一目无边的丰饶的景色。我念着坐镇南城的天坛，那样庄严，使你立在跟前，都不敢大声说话；我念着颐和园昆明湖畔的铜牛，最喜欢那夕阳里骄蹇（jiǎn）③的雄姿；我念着陶然亭四周的芦苇，爱它那秋天来一抹的萧索；我念着北城的什刹海，南城的天桥，拥着挤着的各式各样的人、各式各样的事；我念着市场的那些旧书摊，别瞧，掌柜的简直就是饱学。我念着，啊，这个账怎么开呢：那些残破的庙宇，那些苍翠的五六百年的松柏，那些灰色的很大很大的砖，一弯臭水的护城河，沿河走着的骆驼同迈着骆驼一样脚步的牵骆驼的人。真是！什么我都

---
①奈我何：拿我怎么办。
②无猜：天真烂漫，毫无猜疑。
③骄蹇：傲慢；不顺从。

想念呢！只要是你苍然的老城的，都在我神经的秘处结了很牢的结了。说来你不信，连初冬来呼呼的大风，大风里飞扬着的尘土，我都想。

苍然的老城，我觉到，绵亘在兴安岭以南、喜马拉雅以北，散布在滚滚的黄河、滔滔的长江流域的，星罗棋布，是多少城池、多少市镇、多少名胜古迹啊！但只有你配象征这堂堂大气的文明古国。仿佛是你才孕育了黄帝的子孙，是你才养长了这神明华胄（zhòu）①，及它所组成的伟大民族。虽然我们有长安，有洛阳，有那素以金粉著名的南朝金陵，但那些不失之于僻陋，就失之于嚣薄；不像破落户，就像纨（wán）绔（kù）子②。没一个像你似的：既素朴又华贵，既博雅又大方；包罗万象，而万象融而为一；细大不捐③，而巨细悉得其当。真是，这老先生才和蔼得可亲，庄严得可敬呢。

华夏就是这样的国家，零星的干犯，是惹不起她的气愤的，她有海量的涵容；点滴的创伤，是不关她痛痒

---

①华胄：华夏的后裔。
②纨绔子：纨绔，细绢做的裤子，泛指华美的衣裳。纨绔子指富家子弟，多含有贬义。
③细大不捐：小的大的都不抛弃。

9

的，她有百个千个的容忍。不过一朝一夕，时光慢慢地过去，干犯她的，要敬畏她了，要跪倒在她的面前，求她的宥（yòu）恕了；一处处创伤要渐渐地复原，渐渐地健康起来了。如檐滴之穿阶石似的，一切锢障都在时光的洗炼中屈服在她的腕下了。苍然的老城，你不也正是这样的吗？多少乳虎样的少年，贸贸然地走了来，趾高气扬，起初是目空一切的，但久了，你将他的浮夸换作了沉毅，忽而一天，他发现了他自己的无识、他自己的渺小；多少心胸狭隘的人，米大的事争破天，不骄即谄，可是日子长了，他忽然醒过来，带着满脸的惭愧，他走上那坦荡的大方的道路。芝兰之室怕连砖瓦都是芬芳的吧，蜜饯金枣酸瓤也发起甜来。饱有经验的老人是看不惯乳臭的孩子的，富有历史涵养的地方草木都是古香古色。不必名师，单这地方彩色的熏陶，就是极优越的教育了。何况，在这里，街街巷巷都住着哲人、诗家、学者呢？对你，不只是爱慕，简直是景仰。"我懂什么呢？"有人这样说。"在此老死吧！"也有人这样说。是大有来历的。

　　晨昏相对者六年，在第六个夏天，我因为什么事情不得已而将远去，那时我是怎样地愁着，依依的可怜啊！

为了你这儿的人们，我眷恋不舍，一壁整着行囊，一壁落着眼泪，就像第一次离开慈母准备远行一样，那滋味是够凄凉的。脚步迟滞地踏上火车，心随了车轮的辗转而步步沉重，彼此间的牵线，步步加紧，那是不多不少的永诀的情况啊！长年漫漫，悬想之情总算够受了：地方愈远，思念愈深；时日愈久，思念愈切；直将这重负继续担下来，到今天，我有了归来的机会。

　　旅途上我是怎样地喜欢，又怎样地惧怕呀！喜着眼前的重逢，怕着久别的生疏。提心吊胆，终于到"家"了。望见你那更加苍老了的城垣，还带着亲热的容光，仿佛说："来了吗？……"那一阵高兴是说不出来的。我知道敌人的炮火，曾给你过分的虚惊，我见了一砖一石一草一木，都郑重地问"别来无恙"的话。及至看见你依旧那样镇静、那样沉着的时候，我便禁不住手舞足蹈了。可是你的确又苍老了许多呢。虽说老当益壮吧，但那加添了的一条条皱纹，总不能不使爱你的人们增加几分担心。

　　现在几天的光阴，又轻轻度过了，梦一般。在几天之中，我温习了多少陈迹，访问着你的每一条大街、每一条小巷，抚摩着往日的印痕，追忆着那些甜的酸的苦的故事，又是一度欢欣，又是一度唏嘘，又是一度疯狂。我很满足，因为你没把我忘记。

　　转眼我又要走了，那怎么办呢？在这临行时的前宵，听着你午夜的市声，熙熙攘攘，喘着和平的气息，我怀了万分惆怅。但想到你的长存比得过日月的光辉时，我也知道自慰。后会有期，珍重吧！希望再度我来，你矍铄依然，带着你永恒的伟大与壮丽，期待我，招呼我。

　　明朝行时，但愿你满罩了一天红霞，光明里，照顾我到远远的天涯。

1933年夏

马

"马是天池之龙种。"那自是一种灵物。

也许是缘分，从孩提时候我就喜欢了马。三四岁，话怕才咿呀会说，亦复刚刚记事，朦胧想着，仿佛家门前，老槐树荫下，站满了大圈人，说不定是送四姑走呢。老长工张五，从东院牵出马来，鞍鞯（jiān）①都已齐备，右手是长鞭，先就笑着嚷："跟姑姑去吧？"说着一手揽上了鞍去，我就高兴着忸怩学唱："骑白马，吮铃吮铃到娘家……"大家都笑了。准是父亲——我是喜欢父亲而却更怕父亲的——说："下来吧！小小的就这样皮。"一团高兴全飞了。下不及，躲在了祖母跟前。

人，说着就会慢慢儿大的。坡里移来的小桃树，在菜园里都长满了一握。姐姐出阁②了呢。那远远的山庄里，土财主。每次搬回来住娘家，母亲和我们弟弟，总是于夕阳的辉照中，在庄头眺望的。远远听见了銮铃声响，隔着疏疏的杨柳，隐约望见了在马上招手的客人，母

---

①鞍鞯：马鞍子和马鞍子下面的垫子。
②出阁：出嫁。

亲总禁不住先喜欢得落泪。我们也快活得像几只鸟，叫着跑着迎上去。问着好，从伙计的手中接过马辔（pèi）①来，姐姐总说："又长高了。"到门口，也是彼此问着好；客人尽管是一边笑着，偷回首却是满手帕的泪。

家乡的日子是有趣的。大年初三四，人正闲，衣裳正新，春联的颜色与小孩的兴致正浓。村里有马的人家，都相将牵出了马来，雪掩春田，正好驰骤②竞赛呢。总也有三五匹吧，骑师是各自当家的。我们的，例由比我大不了几岁的叔父负责，叔父骑腻了，就是我的事。观众不少啊：阖村的祖伯叔，兄弟行辈，年老的太太，较小的邻舍侄妹，一凑就是近百的数目。崭新的年衣，咳笑的乱语，是同了那头上亮着的一碧晴空比着光彩的。骑马的人自然更是鼓舞有加喽。一鞭扬起，真像霹雳弦惊③，那飕飕的耳边风丝，恰应着满心的矜持与欢快。驰骋往返，非到了马放大汗不歇。毕剥的鞭炮声中，马打着响鼻，像是凯旋，人散了。那是一幅春郊试马图。

---

①辔：驾驭牲口时使用的嚼子和缰绳。
②驰骤：驰骋。
③霹雳弦惊：出自南宋辛弃疾《破阵子·为陈同甫赋壮词以寄之》："马作的卢飞快，弓如霹雳弦惊。"此处形容马奔驰的速度快。

那样直到上元①,总是有马骑的。亲戚家人来人往,驴骡而外,代步的就是马。那些日子,家里最热闹,年轻人也正蓬勃有生气。姑表堆里,不是常常少不了戏谑吗?春酒筵后,不下象棋的,就出门遛几趟马。

孟春雨霁(jì),滑沓(tà)的道上,骑了马看卷去的凉云,麦苗承着残滴,草木吐着新翠,那一脉清鲜的泥土气息,直会沁人心脾。残虹拂马鞍②,景致也是宜人的。

端阳,正是初夏,天气多少热了起来。穿了单衣,戴着箬笠,骑马去看戚友。在途中,偶尔河边停步,攀着柳条,乘乘凉,顺便也数数清流的游鱼,听三两渔父,应着活浪活浪的水声,哼着小调儿,这境界一品尚书是不换的。不然,远道归来,恰当日衔半山,残照红于榴花,驱马过三家村边,酒旗飘处,斜睨着"闻香下马"那么几个斗方大字,你不馋得口流涎吗?才怪!鞭子垂在身边,摇摆着,狗咬也不怕。"小妞!吃饭啦,还不给我回家!"你瞧,已是吃大家饭的黄昏时分了呢。把缰绳

---

①上元:上元节,即元宵节。
②残虹拂马鞍:出自唐代李商隐《楚泽》:"集鸟翻渔艇,残虹拂马鞍。"天色向晚,空灵的残虹如同彩练拂过诗人的马鞍。

一提，我也赶我的路。到家掌灯了，最喜那满天星斗。

真是家乡的日子是有趣的。

当学生了。去家五里遥的城里。七天一回家，每次总要过过马瘾的。东岭，西洼，河埃，丛林，踪迹殆①遍。不是午饭都忘了吃吗？直到父亲呵斥了，才想起肚子饿来。反正父亲也是喜欢骑马的，呵斥那只是一种担心。啊，生着气的那慈爱喜悦的心啊！

祖父也爱马，除了像《三国志》那样几部老书。春天是好骑了马到十里外的龙潭看梨花的，秋来也喜去看矿山的枫叶。马夫，别人争也无益，我是抓定了的官差。本来嘛，祖孙两人，缓辔蹒跚于羊肠小道，或浴着朝暾（tūn）②，或披着晚霞，闲谈着，也同乡里交换问寒问暖的亲热的话；右边一只鸟飞了，左边一只公鸡喔喔在叫，在纯朴自然的田野中，我们是陶醉着的。Old man is the twice of child③，我们也志同道合。

最记得一个冬天，满坡白雪，没有风，老人家忽而要骑马出去了，他就穿了一袭皮袍，暖暖的，系一条深

---

①殆：几乎。
②朝暾：刚出的太阳。
③ Old man is the twice of child：意思是年老的人又回到孩子的状态。

紫的腰带，同银白的胡须对比地也戴了一顶绛紫色的风帽，宽大几乎当得斗篷。马是棕色的那一匹吧，跟班仍旧是我。出发了呢？那情景永远忘不了。虽没去做韵事，寻梅花，当我们到岭巅头，系马长松，去俯瞰村舍里的缕缕炊烟，领略那直到天边的皓洁与荒旷的时候，却是一个奇迹。

说呢，孩子时候的梦比就风雨里的花朵，是一招就落的。转眼，没想竟是大人了。家乡既变得那样苍老，人事又总坎坷纷乱，闲暇少，时地复多乖离，跃马长堤的事就稀疏寥落了。可是我还是喜欢马呢：不管它是银鬃，不管它是赤兔，也不管它是泥肥骏瘦、蹄轻鬣（liè）长，我都喜欢。我喜欢刘玄德跃马过檀溪①的故事，我也喜欢泥马渡康王②的传说，即使荒诞不经吧，却都是那样神秘超逸，令人深深向往。

"徐庶走马荐诸葛③"，在这句话里，我看见了大

---

① 刘玄德跃马过檀溪：元末明初罗贯中的《三国演义》载，刘备赴蔡瑁之会，发现中计，骑的卢马逃走，被檀溪阻隔。他纵马下溪，急而挥鞭，的卢马一跃三丈飞上西岸，救主脱险。
② 泥马渡康王：传说北宋靖康年间，朝廷情势危急，康王赵构受命使金，中途被劝返，有神人和神马（一说为泥马）相助南渡。后赵构即位，是为南宋。
③ 徐庶走马荐诸葛：典出元末明初罗贯中的《三国演义》。徐庶本是刘备的得力军师，因故要离开，刘备大憾。徐庶走后，又回转马来，向刘备推荐了诸葛亮。

野中那位热肠的而又洒脱风雅的名士。"骑马倚斜桥，满楼红袖招①"，你看那于绿草垂杨临风伫立的金陵少年，风采又多么英俊翩翩呢。固然敝车羸（léi）马，颠顿于古道西风中，也会带给人一种寂寞怅惘之感的，但是，这种寂寞怅惘，不是也正可于这种情景下令人留恋吗——前路茫茫，往哪里去？当你徘徊踟蹰时，就姑且信托一匹龙钟的老马，跟了它一东二冬②地走吧。听说它是认识路的。譬如那回忆中幸福的路。

你不信吗？"非敢后也，马不进也③。"那个落落大方说着这样话的家伙，要在跟前的话，我不去给他执鞭随镫才怪哪。还有那冯异④将军的马，看着别人擎着一点点劳碌就都去腼颜献功，而自己的主人却踢开了丰功伟绩，兀自巍然堂堂地站在了大树根下，仿佛只是吹吹风的那种神情的时候，不该照准了那群不要脸的东西

---

① 骑马倚斜桥，满楼红袖招：出自唐代韦庄的《菩萨蛮·如今却忆江南乐》。红袖，代指美女。这两句写出词人少年时冶游江南的风流不羁。
② 一东二冬：古代人把同韵的字归在一起形成韵部。"东""冬"都是韵部。这里形容老马走路一板一眼的感觉。
③ 非敢后也，马不进也：语出《论语·雍也》。子曰："孟之反不伐，奔而殿，将入门，策其马，曰：'非敢后也，马不进也。'"孔子说："孟之反不夸耀自己。败退的时候，他走在最后，掩护全军。快进城门的时候，他鞭打着自己的马说：'不是我敢于殿后，是马匹不肯快走。'"
④ 冯异：东汉开国名将。为人谦虚退让。在众将论功时，他经常自己退避到树下，人称"大树将军"，颇受兵士爱戴。

去乱踢一阵，而也跑到旁边去骄傲地跳跃长啸吗？那应当是很痛快的事。

十万火急的羽文，古时候有驿马飞递；探马报到，寥寥四个字里，活活绘出了一片马蹄声中那营帐里的忙乱与紧急；百万军中，出生入死，不也是凭了征马战马才能斩将搴（qiān）①旗的吗？飞将②在时，阴山以里就没有胡儿了。

落日照大旗，马鸣风萧萧③。

唉，怎么这样壮呢！胆小的人不要哆嗦啊，你看，那风驰电掣地闪了过去又风驰电掣地闪了过来的，就是马。那就是我所喜欢的马。——弟弟来信说："家里才买了一匹年轻的马，挺快的。……"真是，说句儿女情长的话，我有点儿想家。

1934年3月，青岛

---

①搴：拔。
②飞将：汉朝名将李广。匈奴惧怕他，称他为"飞将军"。也泛指英勇善战的将领。
③落日照大旗，马鸣风萧萧：出自唐代杜甫《后出塞》（其二）。落日照射着大将之旗，战马嘶鸣，朔风萧萧。这两句写出了边地行军飒爽庄严的气概。

羽书

羽书，或羽檄（xí），翻成俗话，应是"鸡毛翎子文书""鸡毛信"。这东西仿佛是很古就有的。《汉书》注里说："……以木简为书，长尺二寸，用征召也。其有急事，则加以鸟羽插之。"《史记》里也有"以羽檄征天下兵"的话。出于古诗词的，更数见不鲜，如高适的《燕歌行》里"校尉羽书飞瀚海，单于猎火照狼山"的句子，和岑参诗里类似的"羽书昨夜过渠黎，单于已在金山西"，都是。想来，羽书是用于紧急军事的无疑。因为，古时候虽有睿智如诸葛先生者，能发明木牛流马①用作战争利器，但用电波来传话递报的事却还没人晓得。信鸽呢，难得役使自如；蜡丸书呢，又嫌麻烦费事；于是檄文插羽毛，意使急行如飞，就算尽紧张迅速之能事了。不信，那木简的另一面所常写的"速速速"的字样，就很敌得过于今"十万火急"的电文。

童年在家乡当小学学生的时候，朦胧记得曾有过

---

①木牛流马：传说中诸葛亮发明的运送军粮的交通工具。

"鸡毛翎子文书"下乡的故事。说朦胧,那是岁时月日记不清的意思;留的印象却很深很深,至今回想,还历历在目。

是一个黄昏。黄昏,在中年人易多闲愁,"闲愁似与斜阳约①";在小孩子就易生恐惧。那晚也是,都吃了晚饭罢,巷口有的是立着谈闲天的人。有牵了牛到村边湾里去饮牛的,家家门口的狗在冷打慢吹地吠着,也有谁家妈妈唤孩子的声音。空气很平静,不,又有点儿异样的浮动。忽然一个邻庄的小伙子跑来了,满头是汗。对,是冬天,有点儿风呢。那人穿着短袄,扎着腰,戴一顶瓜皮毡帽。跑到人丛里,站定了还喘,说是找庄长。问:"什么事?"他喳喳着说:"鸡毛翎子文书!"声音很低,但很清楚,很有力。站在周围听的人脸上都立刻罩了一层严肃与矜持,互相看看,也偷偷回头瞧瞧,气氛恰像深秋的霜朝。我那时虽还小,是头一次听说"鸡毛翎子文书",但也打了一个寒噤,为什么却不知道。

有人把庄长请来了。不知谁去的,那样快,一请就

---

① 闲愁似与斜阳约:出自清代词人纳兰性德《添字采桑子·闲愁似与斜阳约》:"闲愁似与斜阳约,红点苍苔,蛱蝶飞回。"闲愁好像是和夕阳有约似的,可以理解为黄昏时人容易产生愁情。

到,仿佛原就在跟前似的。那人从腰里掏出文书来,又喊喊喳喳地说:"口子镇,啊啊,初五鸡叫赶到!三个,啊啊,每人各一根白蜡杆,两束干草。啊啊,一庄传一庄。不得有误!不去的烧……"他说着,大家一壁听,一壁看他手里的一个木牌,那就是文书了。方方的,下端有柄,顶头插两根鸡毛,正面写字,是"速速速"。听着看着,人人的嘴都闭紧了,身上顿时充满了小心与力!庄长接过木牌来,手都哆嗦了。即刻吩咐,结果是我们家的马应差出发了。骑马的是铁蛋百顺。

记得,天紧跟着就黑了,漆黑。我被父亲看了一眼,就跟着家去了。

狗仿佛都不再吠,沉默锁住了全村,像暴风雨的前夜。

那晚,家里的马回来似乎已半夜了。大门是上了锁又开的。

过了几天,忘记是几天了,初五。口子镇上发了大火,烧的是各村带去的干草。县长的轿子在那里被农民捣毁了。坐轿子的是上头派下来的量地委员,受了重伤。县长听说是化装成庄稼老头逃跑了的。穿着破棉鞋,棉袄露了瓢子,也戴一顶瓜皮毡帽。说是一天没吃饭,叫了人家"大爷",人家才给了一口饭汤喝。都传得有名有姓。

后来事情怎样进展不很清楚,只知道当时城里好几天没有官,要丈量地亩的也不丈量了。很久才又知道口子镇上几个领头的,砍头了一个,坐狱了俩。

这是一回"鸡毛翎子文书"的事。从那直到现在没再听说哪儿还闹过这玩意儿,可是总觉得哪儿是在闹着。速!速!速!很快就集合了大帮人,烧着大火,千万根白蜡杆底下,有人被打倒了,有人被赶跑了,生活总要变变样子。那"鸡毛翎子文书"像雷公电母,又像天使,它散布着风雨,也常是带着幸福,在飞!

八月十五,把异族侵略的敌人一宿从中原版图上肃清,民间是有过传说的。那真是悲壮,痛快,可歌可泣的历史!可是谁发的命令呢?多言的嘴是怎样用秘密的封条封拢的?觉得神妙了。我想,传递消息会用的是"鸡毛翎子文书"吧?虽说山遥水阻,交通多滞塞不便,但你晓得,羽书是会飞的!虽说中原版图辽阔,足迹殆难踏遍,然而,速速速,羽书是飞得快的!虽说,敌人已布满了中原,混进了户户家家,做了户户家家的主人,但,你要明白,愤怒锁在了每个中国人的心里,血液都被狠毒煮沸了，即使怒不敢言，笑里也可以藏住刀子！哪怕他敌人再多些，只要下深了锄，自然会连根也拔尽了的！

啊，"鸡毛翎子文书"飞啊！去告诉每个真正的中国人，醒起来，联合了中国人民真正的朋友，等哪一天，再来一个八月十五！

1936年2月4日大风夜

我还没见过长城

朋友，真惭愧，我还没见过长城，长城却已变了颜色！

记得六年故都，我曾划过北海的船，看那里的白塔与荷花；陶然亭赏过秋天的芦荻、冬天的皓雪；天桥，听云里飞①，人丛里瞧踢毽子的、说相声的；故宫与天坛，我赞叹过它们的壮丽和雄伟；走过长长的西长安街，与夫挤满了旧书及古董的厂甸；西郊赶过正月十五白云观的庙会，也趁三月春好游过慈禧幸驾的颐和园，那里万寿山下有昆明湖，湖畔有铜牛骄蹇；东郊南郊都作过漫游，即无名胜，近畿（jī）②小馆里也可喝茶，吃满汉饽饽；还有走走就到的东安市场，更是闲下来溜达的大好地方。可是，六年，西山温泉我都去过，记得就没去什刹海。为此，离开了故都曾被人嫌弃说："太陋！"说："什刹海都没逛过，还配称什么老北京！"当时真

---

①云里飞：白庆林，民国时期有名的滑稽二黄、评书艺人，艺名"云里飞"。他的儿子白宝山继承其艺名，又被称为"小云里飞"。
②畿：都城附近的地区。

也闭口无言。有一年发狠，凑巧有缘重返旧京，记得还没进旅馆的门就雇好了去什刹海的车子。夏天，正赶上那里热闹：地摊子戏，搭台的茶座，直挨着访问了个足够。印象仿佛并不好，心头重负却卸去了。记得第二天，才有空去文津街，进国立图书馆。

　　朋友，现在想：什刹海不见算什么呢？没去看长城才是遗憾！啊，万里长城！去北平只不过几点钟的火车。

　　万里长城，孩提时的脑子里就早已印上它伟大的影子了。读中国古代史，知道战国时候，魏惠王、燕昭王、胡服变俗的赵武灵王，都曾段落地筑过长城，来卫国御胡；秦始皇遣蒙恬斥逐匈奴之后，又因地形，制险塞，从临洮（táo）至辽东将长城来了个连络的修筑，延袤万余里；工程的浩大，那不是杨广的运河、非洲的苏伊士所能比拟的。就秦始皇说，他的焚书坑儒、建阿房、销兵器，千百年后在人的脑子里事迹已经淡了，独独筑长城还铄古灼今鲜亮着。但是，拿始皇来与长城比，那前者却又太渺小不够响了。万里长城！在谁的心上不用大字摆着呢？那是世界人类的标帜。也仿佛中华这四千余年的文明古国有了它才不朽了似的。华夏的象征？虽然不似英国的西敏寺那样神圣，在那里萃聚着若干帝王哲人的魂灵与骸骨,这却是几千万古代华胄血肉的结晶!啊,比拟,喜马拉雅山的珠穆朗玛峰或可望其项背吧,若论伟大的话。

曩昔,在骆驼书屋,听主人告诉:有一次乘平绥(suí)车,过南口车站,意欲去青龙桥,偶尔站台小立,顺了一目荒旷的山麓望去,遥瞻依地拔天的万里长城,那雄伟的气象,使你不觉要引吭高呼。嵯(cuó)峨的山巅是蜿蜒千回的城墙,是碉堡,是再上去穹庐似的苍天。山下是乱石,是谷壑,是秋后的蔓草婆娑。西风刷过,那一脉萧萧声响,凄凉里含了悲壮,令人巍然独立,觉得这世间只有自己,却又忘怀了自己。很记得,主人说时,从沙发椅上跳起来,竖起大拇指,蔼然的脸上满罩了青年的光辉、拿破仑般的气度。记得从骆驼书屋出来的归途,披了皎洁的三五月①,自己迈的是鸵鸟般的大步。

又一回,一个青年的画家朋友,谈到自己绘画的进步,说几乎像英国拜伦一觉醒来成了加冕的诗人一样,是逛了一次长城,才将笔法放开,心胸也跟着宽阔了的。

---

①三五月:农历十五日的月亮,也特指中秋时的月亮。

那谈吐的神情，也简直令人疑惑他生生吞下了一座长城的关口。是呢，太史公司马先生，听说是周览了名山大川，文章才满蕴了磅礴的奇气。江南风物假若可以赋人以清秀的面容、艳丽的才藻，塞北的山峦与旷野是会给人以结实的体魄、雄厚的灵魂的。啊，长城！

从山海关一路数去，朋友，你知道吗？像喜峰口、古北口，像居庸关、雁门关，一个个中原的屏藩要塞，上口真要有霹雳般的响亮呢。一夫当关，万夫莫敌，守得住一处，就可保得几千里疆域。唉，真愿意挨门趋访，去问问古迹，温温古名将的手泽①，从把守关口的老门丁和城下淳朴的住户那里，听取一点儿孟姜女的传说、金兀术（zhú）与忽必烈的史实，但是我还没去，竟然已无缘去了！

朋友，你可想过，在长城北边，那"黄河九曲，唯富一套②"的地方，带一帮茁壮的男女，去组织一处村落，疏浚（jùn）纵横支渠，灌溉田亩，做一番辟草莱斩荆棘的开垦事业吗？那里土地最肥，人烟还稀。你想

---

①手泽：先人的遗物或手迹。
②黄河九曲，唯富一套：谚语。意为黄河河道多曲折，灾害频发，只能使河套地区富裕起来。

过，在兴安岭的东南阴山山脉的南部那一抹平坦的原野，去借滦河、饮马河的流水，春夏来丰茂的牧草，来编柳为棚，叠土为壁，于"马圈子"里剃羊毛，养骆驼，榨牛奶吗？那工作顶自由，顶洒脱。不然，骑马去吧！古北口的马匹有名哩。凑煦日当头，在平沙无垠的原野里，你尽可纵身于野马群中，跨上一匹为首的骏骦，其余的会跟你呼啸而至的。不要怕那噱（jué）噱嘶声，那不是示威，应是迎迓（yà）①的狂欢，你就放胆驰骤奔腾吧，管许将你满怀抑郁吹向天去。"毡幕绕牛羊，敲冰饮酪浆②"，那边塞寒冬霏雪凝冰时的生活，你也想尝尝吗？住蒙古包，烤全羊，是有它的滋味的。汉王昭君曾戎装乘马抱琵琶出塞而去；文姬归汉，也曾惹得胡人思慕，卷芦叶为吹笳，奏哀怨的十八拍。巾帼③中有此矫健，难道你堂堂须眉④就只知缩了尾巴向后退吗？

唉，说什么，朋友，我还是没见过长城！在恨着自己，不能像九鹏鸟插翅飞去；在恨着自己，摆不脱蜗

---

①迎迓：迎接。
②毡幕绕牛羊，敲冰饮酪浆：出自清代纳兰性德《菩萨蛮·荒鸡再咽天难晓》。牛羊围绕在帐幕附近，人们敲冰伴着乳酪饮食，这两句表现了边地荒寒的景象。
③巾帼：古代妇女戴的头巾和发饰，借指妇女。
④须眉：指男子。

牛似的蹊径，和周身无名的链索。投笔从戎倒好，可惜没有班仲升①的韬略。景慕张骞，景慕马援，但又无由去使西域，去马革裹尸。奈何！唅，"匈奴未灭，何以家为！"汉骠骑将军霍去病那才算有骨头！无怪他六出伐匈奴，卒得威震异域。

朋友，我还没见过长城！但是，长城我是终于要见见的！有朝一日，我们弟兄从梦中醒了，弹一弹身上的懒惰，振一振头脑里的懵懂，预备好，整装出发，我将出马兰峪，去东北的承德、赤峰②；出杀虎口，去归绥③、百灵庙；从酒泉过嘉峪关，去西安、哈密、吐鲁番。也想，翻回来，再过过天下第一关，去拜拜盛京，问候问候那依旧的中国百姓！

长城！登临匪遥，愿尔为华国作障，壮起胆来！

1936 年 2 月 17 日

---

①班仲升：东汉军事家班超，字仲升。他家里贫困，不甘以抄写文书为生，投笔从戎，后来建功封侯。
②东北的承德、赤峰：当时承德、赤峰属于热河省，承德是省会。热河省1928 年设立，1955 年撤销，曾与辽宁、吉林、黑龙江合称"东四省"。
③归绥：呼和浩特的旧称。

踏尽了黄昏

"你看不觉已经天黑了,回去吧。也许要点名。"

"今天谈得真痛快!岂止是他乡遇故知,离乱中这里重逢,简直犹如隔世。"

延安,星期六最热闹。"车如流水马如龙",并不够形容人们的拥挤。况且车马原就是很稀少的。真是呢,一道南北大街,几条东西衢(qú)巷,都被人们填满了,有着升平①世大城市里的元宵节或往昔春天来泰山碧霞宫的庙会那种景象:一注洪流,万头攒动。

"进城了吗?"

"工作忙啊?"

大家举举手,招呼着,交换了这样几句简短的话,便匆匆地迈着愉快矫健的脚步擦着肩膀走过去了。"哪里来的这许多人呢?"有人会问吧。是,哪里来的这许多人呢?看样子,一座破砖残堞(dié)②的古老城池,几幢满生了瓦松的歪斜的街屋,人,就是挨个儿挤着像

---

①升平:太平。
②堞:城墙上⊓⊔⊓形的矮墙。

罐头里的凤尾鱼似的，也容不下这许多。他们，告诉你哟，除了土着的自卫军、少先队、工人、商人、妇女而外，那穿了蓝灰制服，有红领章、皮带、绑腿，雄赳赳大兵气派的是抗日军政大学的学生；短衣便装，红白符号，活泼泼走路都要唱歌的，那是来自陕北公学的；左胸挂了一枚远看像天鹅样的鲁迅像，神气仿佛有点儿吊儿郎当而确实有几下子的，那是鲁迅艺术学院的画家、音乐家、文学家——尽都是青年男女！他们从中国各个角落不远千万里路跋涉而来，说是不愿作亡国奴，来学自由与真理、抗日的技术。

是他们使这座近乎荒芜的古城活跃起来了，将衰残的躯壳注满了新鲜的血液。他们日常都住在四山的窑洞里，深居简出，过着严格的集体生活：学习，工作。像八路军不作战的时候一样，你是不知道他们都隐蔽在什么地方的。七天一度的星期，才是他们自己活动的日子：买点儿什么东西啊，拜访几个朋友啊，找个还有块把钱的老乡"打游击①"一餐便饭啊，或者度过了"神秘的礼拜六"相约出来散散步啊。——唇边都挂着健康

---

①打游击：这里比喻从事没有固定地点的工作或活动，有诙谐的意味。

的微笑，身上笼罩着一脉充满了力的紧张。跟着这样的队伍一道走，你不觉也会挺起腰板迈鸵鸟般的大步吧。

"山拱来了，他在找你。"就在这样人摩肩的街上，一个匆忙地走过的朋友如此告诉了我。

在延安，星期六的街上，你说不定会碰见什么人，也说不定会听到什么人的消息：十年八年不见面的，被捕入狱而消息杳（yǎo）然①的，特别在卢沟桥事变后从敌人的魔掌缝里逃了出来的——亲戚，朋友，血肉兄妹，以为今生今世早成了永诀了，忽然却无意中碰在了一起。看他们落着眼泪紧握了手的欢笑啊！

提起了山拱，立刻浮在眼前的，是去冬海滨的流亡，鲁南临沂的暂住，临汾沦陷……《西安日报》登载的找人启事，同大慧信里的话语："根据了你告诉的地址，一月中间我已发出三十几封信给拱弟，结果都像石沉大海一样，连点儿回响都没有，真令人焦急！拱弟是我从母亲手里带出来的，也是从我的身边他开往山西；他的下落不明已成了我的心病，家没有了，就这样一个亲人啊！有方法再替我打听一下吧，算拜托了。……"

---

①杳然：形容沉寂或不见踪影。

半年来消息都是坏的一面,仿佛我也负了一部分责任。

不想,天上掉下来的一样,他竟然到延安了,如同醒了一场噩梦。

跟了朋友"山拱来了"那一句话,找他跑遍了全城。傍晚时候还是在街上碰到。"哎呀!""啊呀!"远远望见,跑了拢来,握住的手就再也分不开了。良久才说:"找你半天了!"

"谁说不是!听说你早在这里,昨天找你整天都不在,满腔高兴几乎全冷了,今天却终究碰见了你。"

"令姐老来信问你,听说为你都病了——吐血!"

"是吗?——真是!打游击,通信不易啊!——她还在潢川?"

"不,已到长沙去了。"

"在这里也碰到一个妹妹,一见就哭了,问我:'七姐呢?'好在我现在已磨炼得不会落泪,不然也闹哭起来的笑话。"

"走着谈谈吧。——你怎么头发全落了?人也仿佛老了。"

山拱原是十六七岁的孩子。高中学生。肩膀宽宽,腰笔直，有着丛密的头发的。一眼看见他依旧血色充足而神采奕奕的面庞，额端的头发却稀疏了。

"病啊，整整一个月，差一点儿回了老家。现在还算好呢，头发已长起了许多。"山拱有些慨叹地说，"想不到能活着在这里见你。真高兴！"

结尾的话说得有些孩子气，眼睛是那样活的。

像一切人久别重逢一样，我一气告诉了他朋友们谁在这里，谁在那里，谁的情形如何。

"来延安就已海阔天空了，不用说再遇到这样多朋友，听到这样多朋友的消息。——啊，告诉你哟，在山西我打了半年游击呢。那生活真有意思。我们同敌人作战过三次，三次都是胜利的。得过不少战利品，马、大衣、军用毯。您瞧，我穿的大衣就是，上边还有日本名字呢。"说着撩起衣角，指给我"古贺屋"三个字，还写的有什么联队的字样。

"您亲自打死过敌人吗？"我问得多笨。

"打死过的。"老弟有些眉飞色舞，"不然怎么会有军用大衣！敌人草包得很，不值一击。风吹草动他们就乱放枪，真干的时候他们却要跑了，每次都是很狼狈的。不过，作战要将敌情侦察清楚，不然会遭不必要的损失。有一次大意了，我们十七个弟兄去摸营，就牺牲了五个，有三个还是咱们山东老乡！——我现在心变得硬得很。解决了战斗我骑马到战场去，他们五个伏躺在山坡上；死得自然很惨，血肉都模糊了。我心里却不觉什么。掩埋来不及，我就用大衣给他们盖了盖。又听见枪声，我才骑马回来。那时看死仿佛同睡觉一样自然，心上连点儿波澜都没有。在我病中，有人问我想不想家，我说，想家干什么？反正他们死了我也无能为力；我若死了，家里也是无从知道的。——时代太伟大，战争太残酷，脆弱的儿女情长是多余，眼泪也淹不死敌人哟！"

说这些话的时候，山拱像一个久经风霜的老战士。战争的熔炉里锻炼出来的，硬得像钢铁。

"你进步得真快！士别三日当刮目相待了。"我说着，心里浮起的是羡慕与钦敬。

"游击队的生活苦吗？"

"苦，自然有相当的苦。我们曾三天没有饭吃，也曾穿着夹衣在雪里过夜，但是精神却很痛快。你不喜欢吗？当月亮皎洁的夜里，你同几个弟兄在山头放哨，数着星，由树丫杈里一只乌鸦的展翼，去小心地察看敌人的动静，缩紧的心里，活跳着火热的发亮的意念。想到在枪托上自己扛着的是一队人的安全，是民族解放斗争中争取胜利的重担，你就会感到你的任务是多么神圣多么伟大了。要不怕引起敌人的注意，说不定你会引吭高歌。

"知道你是喜欢骑马的，在游击队里我可真过够马瘾了。有空我们可以赛赛。我常常于黄昏的时候骑了队长的马到自己的警戒线以外去，往往惹得敌人放枪才跑回来。危险里讨生活，生活才泼辣有意义……我更喜欢骑了马放枪打靶。"

话继续着。

"在前线我们都不穿军装，多半都是老百姓装束。有趣得很！小棉袄，布带扎腰，过冬再舒服不过，爬山也是最方便的。同老百姓搞得好，家家都有你的饭吃。过年过节他们都会来请你。去年除夕我们就是在一户小康人家过的，一样吃清水饺子——那才是四海为家呢。"

听话的人仿佛也坐在了岁晚的炉火旁边。

"的确，"青年战士滔滔地说下去，"游击队是脱离不开群众的。不是都说吗？游击队是鱼，群众是水，彼此亲密合作，才能游泳自如。譬如我们的给养，就完全仗着向群众动员粮食；我就曾费过五天工夫向农村动员过三百石（dàn）杂粮。哎，说起来老百姓真可爱，将道理说清楚，处处为他们的利益打算，他们是什么都可以牺牲的。亲看见他们把粮食从地里掘出来，那样珍贵着，却又那样大方，一文钱不要一石石送给你，哪怕眼里噙满了泪还是心甘情愿的。看了那种情形，为他们去死真没有什么不值得！"

说话人的心那样热，又那样兴奋。

"怎么想起到延安来的呢？就那样干下去不也很好吗？"

"好是好，军事知识太差啊！你看连我们队长都是干政治的。随营学校的那点儿操场上半瓶醋的训练，那哪儿成！作战只能摇旗呐喊给敌人一点点小的牵制，不能痛痛快快给敌人以致命的打击，以大规模的歼灭。所以我决意来，要好好地学学军事。"

话是那样强韧有力，意志是那样坚定的。

"来这里好好干干也好。"我说，"虽说这里学习期间不过短短的七八个月，有很多东西可学哩：什么坚定的政治方向，灵活的战略战术，艰苦的工作作风，那是这里人大家都晓得的。"

"啊,我要干!"他高兴得又像一个孩子了,"一直锻炼得像一个铁人,成一个常胜的战士。——中日战争还需要比较长的岁月,到毕业的时候,我想还来得及重上前线。——遭受过敌人蹂躏的地方,民众比较容易动员;亲自上过火线,听过炮声,与敌人肉搏过的,就更知道军事知识的重要了。"

"是的,我早就想受一点儿严格的军事训练,跟着广西军在安徽一带跑了半年,对行伍的事我也感到了极浓厚的兴趣。"看了那兴致勃勃的样子,我不觉自己也鼓舞起来。

"是吗?一块儿干吧!"算作约定的凭证似的,又握起了手来。

忽然转念,他又问我:"诗人到哪里去了?"

"还不是同太太一道逃到了四川去!有几个钱的大都到峨眉一带去了。"一边想着诗人的胆小,一边这样回答。

"实在呢,到那里去也好,天府之国的风物,加上三峡的险峻,嘉陵江的秀丽,很可以开一开诗人的脾胃;不过当暴风雨来得再厉害些的时候,他们又将怎样转他们的舵呢？——我倒更喜欢热辣辣的血肉故事！——喂，可是你不会笑话吧？同我一块儿来的还有一位女同志呢。"

"那有什么可笑话的，真的革命的女友，倒是工作中很好的帮助与鼓励。过几天给我介绍认识好吗？"

年轻的朋友红了脸，接着很严正地解释说："在我病中，在我不省人事的时候，她看护我整整一月。感激她，就熟了。倒是很能吃苦的人。徒步七百里，背了自己的东西，从没说过疲倦泄气的话，比男同志还来得矫健呢。人也极理智，还劝我不要感情用事。……她也要干军事队。"

"好的。——发电报给七姐吧？双重的好消息啊！她会高兴得跳起来哩。"

"不，写'航快①'吧，多说些话。电报军用忙啊！"就这样谈着谈着，不觉出了城，在清凉山下的延水堤畔踏尽了黄昏。入晚的延安城正静静的，四郊响遍了救亡的歌声。

1938年11月28日

---

①航快：这里指航快船送信。航快船是当时的一种运输船。

游击司令唐天际

名字早已熟了，唐司令。像驰骋在北战场的多少名将一样，是井冈山的人物。也是那有名的雪山草地二万五千里征途的参加者与推动者。人是炉火纯青了的，无论姿态、谈吐和行事。——愿意认识他吗？

他吸烟，吸得相当厉害。

阳城开福寺大雄宝殿的西厢里，椅子放在一张长长的香案的一端。自然，这香案是从前敬神摆供的，现在却是游击队拿来开会议用了。去会见他的时候，他像家里人一样招呼你，伸伸手，意思是让你坐下，自己便坐在那事先放在案头的椅子上。说坐，并不恰当，宁可说是脚踩在椅垫上蹲在那里。立刻便吸起烟来。吸的不是纸烟，这时游击区的纸烟多半是被敌人注射了药放了毒的，军营中仿佛都已成了禁品。他不吸烟斗，那似乎带些绅士气。按了当地"老西儿[①]"的习惯，他用一根尺

---

①老西儿：对山西人的戏称。

长的钢烟管，小小的烟锅，吸的是水烟似的旱烟。盛了烟丝的小小的木盒，恰好可以握在左手里。他吸着烟微笑着，两三袋之后，这才仔细地通姓名来历。

"沿途辛苦了吧？要跑路啊！这一带山多，路不好走，懂不懂啊？"

头微微地抬一抬，看着你笑着，那么亲切。

跟着就吩咐，安派你的住处："找家比较干净的房子……"回头再问你："好好休息休息，劳顿啦，今晚什么且不谈，啊？不慌走，明天起码留一天，看看这个地方，慢慢地，和同志们谈谈，这儿很好玩哩。老百姓什么都懂了，打游击。——小米吃得惯吧？不要客气，可以随便来山里玩。"

又是望着你，微笑着，频频地吸他的旱烟。

等你握握他的手，走到给你安置的舒适的住处的时候，你会想："像大哥一样的人呀！决定住一天吧。"立刻那活生生的样子深深地埋在了你的心里：不很矮的身躯，不系皮带，不扎绑腿，穿一身灰布军装，屋里帽子多半是摘了的，光头，浓眉毛，约莫四十多岁，名义是司令，带兵的，实际温雅像个文人。

夜里，竟有人给你打水洗澡，替你拢火烧炕。山西冬天睡热炕是相当有名的，煤便宜啊，有足够的产量。不过外路人却往往睡不惯。有人说：经常靠底的一个鼻孔热得流鼻血，在上的一个却会冻得流清涕。虽未免言之过甚，也不是毫无根据的。

你好好地睡一夜，第二天绝早唐司令就来看你了，进门先问："房子可以吗？睡得好吧？"随便一个地方坐下，接着问你外边的情形，谈一路来的风光，哪一带情形最好，民众劳动得怎样，问你有些什么意见：政治的，民生的，连儿童团放哨查路的事都提醒你。他关心的是整个区啊。——临去，回头对你说：

"我们还不能细谈，有点点小事情；你也需要到城厢各处去看看吧？看看那些墙报：青救会的，农救工救会的，妇女救国会的，多得很！给他们批评批评，啊。看看这沦陷过三次的城池，商家都关门了，关了门的商店门口是摆的买卖小摊，商业也要游击式的喽，说走能搬得起走才成！这里山僻小县，城却相当大咧，看着我们拆城墙的工程，敌人要拿城墙当掩护作长居久远之计，那是不能那样便宜的！我们偏偏要路不要城。

"这座城算相当古老喽，北魏兴安年间就建筑了。

明朝用砖甃（zhòu）①，清朝加雉堞，修拱极阁、望远楼，都是煞费苦心的。现在我们一遭毁坏了它，为了大的就不能不牺牲小的，懂不懂啊？

"什么时候？傍晌吧，希望到庙里来，我们好好地谈谈。跑到这里不容易喽，是敌人的后方啊。有很多胆小的人怕危险，不敢来，你看这里危险吗？啊？"

咯咯地笑着出去了。那个"啊"字的余音很久地响在你的耳朵里。

再见面的时候，他已摆好了酒席等你：花生、瓜子，那是干果；烧肉、炖鸡、炒鸡蛋……肴蔬起码十多样，置办得是极丰富的。有人也许不信，敌人的后方还吃什么好东西，天天还不是被敌人撵得东跑西窜，睡，睡不好；坐，坐不稳！——不信你就亲自来看看，还有赶你回去你不走的时候呢。你说的那狼狈情形，正是敌人那方面的。在我们广大的地区里，敌人偶尔占了一点（一座城）一线（一条铁路），而往往点连不成线，线又是常常中断的。若干兵士据着一个城，却怕打，不敢出来；即便间或白天他们派了很多人出来逡（qūn）巡②

---

①甃：用砖砌井、池子等。
②逡巡：徘徊。

一回，夜晚总还是我们的天下。你就是敲了锣鼓骂阵，他们都不敢现丑露面。

吃了请之后，如果你请求，唐司令可以同你谈他的经历，和他手下队伍的生成。

譬如说围了一个小炉子，炉上坐了一把滚滚开的水壶，有柿子、花生可吃，有够多的烟可吸——有点儿北平风味，是吧？是老北京你当然会想得起来。司令用的是一种娓娓动听的语调，说：

"啊，怎么开头呢？这样吧：我是湖南人，乡下，小时候家里不好，穷，念不起书，便学买卖，经商。不成功。项羽学书不成学剑，学剑又不成，才学万人敌①。我不知道什么叫万人敌，总知道念书是好的，就又念书。啊，懂不懂？后来嘛干黄埔军校第四期。参加一九二五到二七的大革命，啊，南昌起义，广州起义，后来嘛井冈山，知道的喽。再嘛，长征，尝了够多的艰苦。现在是，统一战线，打日本。一切就数打日本好，打完了日本法西斯军阀，我们就自由了，幸福了。抗日高于一切。懂不懂啊？"

---

①万人敌：能对付万人的本事，指兵法。

吸他的烟，微笑着，回忆什么似的，兴致高起来了。

他告诉你，他们游击队，起初很可怜！只五个人，两杆枪：一支驳壳，一支八音子。不久凑了二十几个学生。今年2月间，县城失守，他们同县长一道被逼到了横河山里；在那里帮助县长维持县政府，教育公安局、自卫队，争取临阵脱逃了的警察。第四月敌人退出，县政恢复了，他们才有了三十多支枪的基础。

在济垣一带他们办过几期训练班，收纳了很多学生、知识分子，还有胆大豪强的河南壮士、和善温良的山西壮士。有自己带枪来的，有集体参加的，慢慢地人就多起来，可以作战了。从6月21日到7月底，他们配合了正规军作战，整整打了一个多月。成绩很好，曾得过朱总司令同卫副司令长官的奖励。

他说，8月1日到"九一八"纪念日，他们作了一次学习旅行，从西北到东南，目的是：打仗，工作，发展。经过了中村、曲沃、侯马，一直到济垣。到一个地方就开展地方工作，发动民众，满足民众"打仗"的要求，顺便从敌人手里解决给养和武装。他们有过几次胜利的战斗，胜利在曲沃东北的陵角村，他们曾用一锅热面换了敌人一挺机关枪、十多个死尸。原来那天煮好了面正要吃的时候，素来不敢出曲沃城的敌人来了，他们便叫面条等着敌人，队伍翻出围墙躲到敌人的屁股后边去，给了敌人一个溃退的打击。敌人抱头鼠窜，跑回城去。又一次，在济垣武山去敌人只十二里的地方开"九一八"纪念大会，无意中被敌匪张德功部包围了。天大雾，他们以七八百人对敌人一千，终于冲了出来。结果他们牺牲了十二个战士、两个教导员，敌人却死伤七八十。

"目下这一带平静无事，我们正集中人员，加紧训练。但早晚敌人还是要来的！一般地说呢，我们欢迎他来；我们穷不是嘛，他们多少可以给我们点儿礼物啊，懂不懂？——现在我们的口号是：'巩固再扩大。'"

这时他站起来，指给你看，那满屋的地图；是哪些山、哪些河流，仗是怎么打的……跟着他的手指，你也仿佛粉碎了多少次敌人的袭击，立了多少汗马功劳。

又一次夜里访唐司令，面对了一张小桌子、一盏油灯，我们曾谈到半夜。问他：

"该睡了吗？"

"忙什么！过行伍生活，打游击队，睡觉是没准的事。闲嘛就多睡会儿，忙嘛就少睡会儿，三天两夜不睡也得算数。就是这个样子，懂不懂啊？惯了就同搞着玩一样，有趣得很！要知道有一个坚定的政治方向作指针，很可以学圣人：'从心所欲不逾矩①。'"

从容的，自然的，笑；意志却硬得像钢。

最后战胜日寇，单靠枪是不行的，还需靠笔。好笔胜于刀枪。——这是那天夜里临别时他题给我的几个字。想想就是一种鼓励。

愿意认识他吗？

一个不露锋芒的英雄，一个才子，一个好人。

潞城，故漳

---

① 从心所欲不逾矩：出自《论语·为政》。孔子说自己到七十岁时，可以顺从意愿而又不逾越法度。

沁州行

一 雪行三日

那天我们是在小宋村决死队做客。

做客,清晨是应当起早些的。虽然屋里还延俄①着黎明的朦胧,纸窗白处却已经将农家的桌椅立柜绘出隐约的轮廓了。院子里有扫雪的声音,也有人沙沙跑着,跺着脚,喊"雪,真大!"的声音。一边想:雪落了一夜吗?一边梦也似的,眼前浮起了昨宵烛光下好客的颜旅长纵谈战斗故事的图画。吃多了麦芽糖的口还微微有些甜腻吧,仿佛大年初一留恋于逝去的除夕夜,心怀不胜缱绻了。然而是在做客啊,振一下身子起来,喊醒睡在对面炕上的季陵②兄,是分手的时候了。

晋东南,人们告诉说:长治是政治文化的中心,沁州是民众运动的模范。在我正是离开了长治到沁州的途中;季陵则是专为访问山西新军决死三纵队而来的。以

---

① 延俄:拖延片刻。
② 季陵:卞之琳的笔名。卞之琳,我国诗人、文学评论家、翻译家。

来宾资格而被优渥（wò）招待留了一宿的翌（yì）晨①，正大雪纷飞。季陵回总部，我开始我的漫漫长途。

你在雪地里走过路吗？当雪越下越大的时候，你看那辽阔的郊野里是多么寂静啊！村落里虽也有炊烟袅绕，但远远听去连一声犬吠都没有；行人自然是很少碰到一个的。只看见乱纷纷的雪花落在树枝上，落在枯草上，敲在冻僵后又发烧起来的耳轮上；没有声音，却又处处喧嚣着若隐若现簌簌的碎响。这时候一个人走路，就会像白茫茫云雾般的海洋里漂泊着一帆渔船一样，是很容易感到压迫、感到孤寂的。太响亮的是脚步踏雪的声音，吱咯吱咯，仿佛给燃烧在脑际的簇新②的回忆打着印子。

日本人占了临汾车站，我们要反攻已经很久了。命令下来是一个月黑风高的夜里。号兵陈可胜那晚高兴得出奇，跑到街上买了很多烧饼、白糖、花生之类，回来对弟兄们说："今晚我要向大家辞别了。我请你们的客。平日大家都挺好的，我走了要想着我啊！"说完一阵狂笑。素来憨直的性格，像有什么在啃啮着心的这种无限兴奋，使吃着东西的弟兄们有些吃惊了："他到哪

---
①翌晨：第二天早晨。
②簇新：极新；全新。

里去呢？"队伍出发，天黑得伸手不见五指，陈可胜就趁这机会第一个摸索到了车站附近。他吹一遍日本的集合号，将看守车站的日本兵从睡梦里惊醒，集合到了自己的身边；准备好了的手榴弹接连地抛过去，日本人猝不及防，死伤了大半。这时他又吹冲锋号了，在后边距离不远的我们的队伍应声冲过来，临汾车站没费多少力就这样克复了。号兵是被日本人衔恨乱枪打死的。坟前树木，日本人写着："支那傻子！"

啊，多么可爱的一个"傻子"啊！我爱这样的傻精神，正像爱"四勇士"的英勇。

"四勇士"也是敌人送的徽号。

原来3月16日，我们要打沁水城，正如队长说的："把太阳旗砍倒，把我们的旗插到沁水城上。"出发前大队长检查队伍的时候，他在排尾看到了四个小家伙，一个个小圆脸都快乐得好像要炸开的样子。有两个还带着伤，裹着绷带。

"这次仗难打，"大队长向他们说话了，"你们小，又带彩①，留在这里看家吧。"

---

①带彩：负伤。

51

"报告队长，我不留下！"一个小孩子这样喊了。

又一个也紧接了说："我要去！小就不能打日本吗？"

大队长没有话说，只一股劲儿地瞧着他们四个，一个个面孔都绷得紧紧的，透露着严肃和果断。大队长知道再说也无益，只得吩咐道："好吧，你们愿意去就去，可是不要傻往前跑啊！"

四个小孩子，只要听得个"去"字，便放心了，队长的后半句话他们并没听清楚。于是，半夜里，最先抢到沁水北门外天齐庙，攀了软梯上城墙，爬得像猿猴那样敏捷的是他们四个；最先扼死正在打盹的日本哨兵，在城里掷手榴弹，摸敌营，开冲锋枪的是他们四个；黑影里跑得最欢，"杀呀……"喊得最凶，而五点天亮，大家退出城头，终于没有退出的十八个壮士当中也有他们四个呢。

听说他们有两个是当场牺牲了，有两个是被擒了。看见那样两个孩子被押着走的时候，胸脯挺得直直的，炯炯有光的眼睛瞪得大大的，全无半点儿惧怕和懦怯，敌人石黑少将也不禁感叹："支那军了不得呀！"惊惧得敬仰起来。

"你们的上级官长是谁?"

"不告诉你!"孩子小,声音不小。

"你们是多少人?"

"前边走的有,后边跟的有,人多得很!"

"你几时当兵的?"

"新兵。"

"你来沁水干什么?"

把口袋里剩下的日文传单一拉:"杀日本鬼子!你们看吧。"

砰砰两枪,两个小英雄倒在地上了。

痛恨、敬仰和惭愧,几种心理纠缠着,石黑命令将四个孩子的尸体埋在一起,题曰:"中国阵亡四勇士墓"。

想着这样的故事,大雪天也是不会冷的。听村里雄鸡叫过了晌午,我踏进长子城去。传说这是帝尧之长子丹朱的封邑,因以长子命名。县南丹朱岭可为佐证。这里城墙是拆了,四门关厢凑成一个十字大街,市廛(chán)①并不整齐。县政府地址还是旧的,几进的

---

①廛:古代指一户平民所住的房屋和宅院,泛指城邑民居。

屏门里边，还有一座题着"宜法肃辞严"彩绘海日图的大堂。在会客室里坐坐，烘烘火，请支应局代请一辆骡车，大雪中赶四十里长途，到鲍店。

车子赶进鲍店镇的区公所，叶区长正点了灯吃夜饭呢。掸落衣帽上的积雪，虽说是不速之客，也还是被毫不生疏地招待了。深夜里，将湿透了的鞋袜放在炉边烘着干，热炕上我们像老朋友一样畅谈着——

五六月间，前任县长因事下乡，忘记了带符号，走到城南的阿头村，被儿童团的小学生们查住了："有符号吗？"

"没有。"县长答。

"没有？那不能过去！"小学生们很认真。

"不能过去怎么办呢？"县长有些踧（cù）踖（jí）①，也仿佛故意留难②。

"那得带你去村公所，去见我们的先生！"

"你知道这是谁呢？"小学生将县长带到村公所，先生先吃了一惊，随后又转过脸来笑着问学生。

"我不认得他是谁，反正他没有符号我们就把他带

---

①踧踖：恭敬而不安的样子。
②留难：刁难。

来了。"小学生理直气壮。（为什么不呢？）

"你以为这是谁呢？"先生又说，"这是县长。"

小学生有点儿愣了："县长！"然而知道自己可并没做错。县长看出了小学生的忸怩，这时说了话了："你们做得很好，就应当这样办。无论是谁，没有符号、通行证，绝对不准过路。一个人称一斤蒸馍给你们吃吧，往后还要认真，还要努力！"小学生半信半疑，脸上的惊惶却跟着拍在肩上的县长亲切的手舒展开了。事后他们辗转传播："我们捉住过县长呢。"在附近成了美谈……

睡了一宿暖觉起来，才知道鲍店是这样一个大镇。街市要比长子城还要热闹。无怪日本的特务机关都在这里设过间谍的分卡呢。间谍是汉奸，一老一少，开烧饼铺。少的女扮男装，引动过很多过路客人，终因为出出入入的人不大正经，被我们破获了。女的带到专员公署①审问，亲口供出是高中学生，曾受过日本人的特务训练。后来哭了，羞愧着，后悔着，像受了凌辱要复仇，她起誓要在救亡的路上做一番工作。……在大街上

---

①公署：官员办公的处所。

自己买烧饼吃的时候,想:"是哪家铺子呢?"

也是在鲍店,买得一双芦绒草窠,踏雪虽嫌笨重,却说不出地暖和,冷风里才有空听车夫一路唱山歌:

南瓜开花就地跑,
谷子开花压了腰,
秦椒开花渐渐高。

过余吾,又是一个大镇。晌午打尖①的时候,遇到一位国民党游击支队的排长。流氓样子的,带了几名弟兄正查听着缉拿逃兵。看他那不可一世的神气,很替逃兵捏一把汗。时至于今,行伍中还是免不了这种凌厉专横的风气!

到关上,已是沿了山岭间的溪流弯弯曲曲不知走了多少崎岖的路。天黑了,宿在田村长家里。村长白天到区公所算账办公,夜间回来要安置过路军人,照顾抗日军人家属,相当忙碌。他是大家公选的,不识字,却有一副忠厚心肠、一股好记性、一手熟练的算盘。"希望

---

①打尖:旅途中休息下来,吃点儿东西。

您常从这里经过，有我们自己人就好啊！日本来可就害死人了。"这是他告诉的衷心话。临睡他还吩咐家人擀面条："没有什么别的好东西，给您点儿面汤吃吧。"同榻而眠的夜里，知道他是一个"老绝户①"。抱的人家的两个孩子，虽然都长大成人，也都娶了妻室了，总觉不是田家的本根。咳叹着，他也有他的解说："现在抗战第一，天下都是一家；办了公事，我的心就有了着落了。"……

第三天大雪。

掠过榆林村，吃一碗老豆腐，换一挂牛车；过李家社，遇着一个高尔基的小说里马尔华那样的女人，同男人讲话："哼，放你的心吧！"挑逗的流盼，挑逗的笑语，该是战争中洗炼出来的人物。过老庄，看自卫队募集救国公粮，看一处小学里一些活泼泼问长问短的小学生。过篪（chí）亭。篪亭是一个比得上一座像样的城池的镇店，是襄垣县的首镇。可是来来去去被日本人占过两次，房子被焚毁三分之二，商店都成了一片瓦砾了。现在有些小买卖，只好将摊子摆在乱瓦碎砖的堆

---

①绝户：没有后代的人。

里。"日进斗金""自求多福",残缺的熏得乌焦的砖垛上还偶尔凿着这样的字迹,想象到当年的豪华,目下自嫌荒凉了。愤恨的黑花正遍开在一帮小买卖小住户人家的心里吧?街上有墙的地方满是这样的标语:

欢迎劳苦善战的一二〇师!
把日本人打出中国去!

往前去,雪依旧在落着;寂静,过村也看不见一个人影。有狗,只管蜷伏在人家的门口,不吠一声。喜鹊栖在树上,缩着头,呆呆地望着乱纷纷的飞雪,仿佛在为了食粮忧郁着。在车前飞起了又落下的鸽子,路旁哄地散开去又哄地聚拢来的麻雀,从被积雪掩盖着的大地上,寻找几粒草的种子。雪实在太大了,禽鸟也有它们的饥荒。

看见了由牧童领着的一群群的羊,看见了溜冰的顽皮的孩子。雪小了,可是也已经黄昏了。到了龙门。龙门,名字好响亮的村落啊!且听野店里那个八岁的小姑娘在唱:

石榴开花一枝红呀！

二十青年去当兵呀……

二 "调皮捣蛋"

"报告！"从紧闭的门外边透进来的是这样一声清脆稚嫩的声音。

"进来吧，'调皮捣蛋'。"招待所的安主任仿佛很熟悉要来的是谁，便带几分命令似的口吻回答了。

进来的是一个小孩子，装扮得很整齐利落的。合身的鸭屎灰的军装，绑腿打得紧紧的，束扎得方方的铺盖卷，用两条背带背在两肩上，是一个久历行伍的模样。进门先是一个举手礼，手掌笔直地侧举在鼻子前面，位置不怎么合规矩吧，脸上的表情却一本正经。一看就知道是一个聪明的孩子。将行李放在一张小桌上，摘下了小小的皮手套，这才报告说："我是从游击队来的。"

"'调皮捣蛋'，又是新生法，想跑就跑啦是吧？"

"我有介绍信嘛，总务科长叫我到招待所工作的。"

伶俐的口齿，说着做一个鬼脸，引得早就在注意他的屋里的人们都笑了。那是我到乌苏第二天的下午，外边雪停了，天气却格外寒冷，不出门，暂时在联络处招待所里休息，听几个农村工作团的同志谈怎样审汉奸，怎样动员群众；听曾经在秧歌班里做过花旦的小勤务员唱"三修善，三战吕布，虎牢关上；有吕布，害董卓，凤仪亭前"，唱"反对老婆拖尾巴"。炉火烧得很暖和的屋里，大家等着吃晚饭，正极快乐。

　　"该打饭了吧？"一点儿也不生疏，小孩子洗完了脸，就自动找工作。洗脸的时候，他有一块大大的白兰香皂，还怪羞涩地擦雪花膏①。手巾、牙刷、牙膏，早晨漱洗的那一套和几册抗战军人读本，一只口琴，满满装了一挎包。看情形知道他生活很有条理，自己有一种管理生活的方法。

　　他提了饭钵出门了，安主任这才有空给我们介绍这个出色的孩子。

　　"……他来了，又是个麻烦。不要瞧才十一岁这样点儿小人，经验却有一大堆呢。难缠得很！从前在这里

---

①雪花膏：一种护肤品，白色，可滋润皮肤。

待过，人们看他聪明，调他到政治部去，政治部他嫌生活呆板，想打游击，新组织的游击队他又嫌不能打大仗，请求调到旅部；旅部待腻了，再到游击队去，这不是又到联络处来了。"

名字叫王翰文，是篯亭附近流渠村的人。在家不过是个拾拾柴火、爬爬树、摸摸斑鸠的孩子。因为家住得离镇市较近，自然也会捉迷藏、说谎、骂人，那一套街市孩子的顽皮。战争时候，却需要孩子们的乖巧、伶俐、调皮。去年春天，三月初八日本人占了篯亭，流渠也满驻了敌人。王翰文起初跟他一家人逃到外乡，后来他和他的祖父、哥哥偷偷回家看看，却被敌人统统捉住了。他说，祖父被敌人骂无用的老狗，当场被打死。哥哥被认为是游击队，枪毙了；枪毙前还上了酷刑，挨皮鞭子。一切都是他亲眼看着的。看着祖父、哥哥被人打死，被人拖出去，而敌人还不准他挣扎，不准他啼哭。"你看多难受啊！"——他自己是被扣留下当听差的。

当听差的两天之后，月夜里他趁日本人睡熟了的时候（他们是睡在一块儿的），悄悄地从窗子里（门上锁了）爬出来跑掉了。当敌人发觉，四个人出来放枪追他的时候，他已经跑远了。因为他地理熟，转几个弯，翻几道墙壁，在罩了银色月光的夜里，远远是不容易辨得出人影的。"跨过了一条小河，"他说，"到了一抹山坡上，那就不怕了。"过河的时候迈一步，就将河里的踩脚石搬掉一步，免得日本人利用了赶上他。"簸亭西边不是有一带高坡吗？"在山坡上一棵柏树的丫杈里他睡了一夜。"蜷蜷着像一只小鸟。"他自己说。第二天绝早，天刚刚透露微明的时候，他从树上下来，开始了他流浪的生活。在路上曾被难民丢掉的毯子绊倒了，他便拾得了一条毯子，那一直跟着他的唯一的财产。"我以为是什么呢，软软的，吓我一跳，一看才知道是一条毯子。"

　　路上走着，饿了就在人家门口要点儿饭吃，渴了就喝一点儿冰冷的河水。"爷爷、哥哥都被日本人杀了，"他想，"家又不知逃到了哪里，得当兵报仇！"当兵，他决定加入八路军。"八路军有小鬼，"他说，"喜欢小孩子。"但是哪里去找八路军呢？漫无头绪地四处跑着，碰见队伍就问问："您是八路军吗？"足足走了五天。五天只吃了四顿饭。夜里睡在人家的大门口或没有人住的土窑里。"像一个小叫花子。"他说。等出了襄垣，踏进了沁县境，这才碰到臂上挂"八路"符号的队伍。

"同志，你们要小鬼吗？"他追述的时候，还可以从他的神气里看出他当时的高兴。

八路军这支队伍是特别喜欢小孩子的：宣传员、通讯员、勤务员，甚至特务员，都要小孩子担任。他们普遍将这样的孩子叫"小鬼"。部队里很多干部，就是小鬼出身的。往往年纪二三十岁了，还保留着一种小孩的天真与纯洁。生命力的强韧，做起事来的勇敢与敏捷，都是从小鬼时期就养成了，就带了下来的。王翰文这样爽利的孩子，部队自然是欢迎的。还在行军当中，部队就收留了他，派定他给一个政治委员当勤务。

"头一晚宿营，供给部发给我一套棉军装，是大人穿的，我穿上大得简直像棉袍子。"他说着仿佛还想象得出当时臃肿得像老和尚的样子。他指指，棉袄是垂到膝盖那样长的。

他说，有一次骑了政治委员的白马出差，在路上遇到日本人的飞机，几乎炸死了。那时路上的人叫他躲到树底下去，他不，他要躲在白马的旁边。"红颜色，白颜色，不是最显著的轰炸目标吗？为什么要躲在白马的旁边呢？"别人问他，他却有理由说："不，白马站着不动，飞机上的人会以为是一幢碑或是一块大石头呢！"那次躲在树底下的人，有的被飞机扫射受伤了，他和白马却没要紧。

摆起龙门阵①来他的故事可多了，经历绝不像一个十一岁的孩子。

"小鬼，你骗人！"在座听的人会不信的。

"不信？你问嘛。"小鬼却满不在乎，意思说："信不信由你。"

他说在游击队的时候，他们三个小鬼曾假装得像随便玩玩的样子，半夜去敌人驻扎的一个村子里投过炸弹，连日本人的一个小队长都炸死了。他说每人腰里揣好了两颗手榴弹，大摇大摆地到村子里去，还吹口哨呢，那样自然。日本人的哨兵以为是孩子，也就不疑惑。他们跑到事先调查好的日本队长住的房子，还听得日本人正睡得打呼噜哩，便将拉了火线的手榴弹从破了的纸窗里递进去了。听得轰轰隆隆爆炸的时候，他们跑得还并不远，等日本人发觉赶来救人救火的当儿，他们已躲在黑影里听敌人的呻吟与号叫了。"村子外边看救

---

①摆起龙门阵：方言，指讲起故事。

火挺好玩的。"这时候讲来他还觉得意。

又一次，四个小鬼跟了一个侦察班长，曾将日本人的哨兵掐死了。他说也是漆黑的夜里，他们五个人摸进了村子，到敌人宿营的地方，敌人哨兵正扶了枪打盹儿呢。班长偷偷转到他的背后，将他拦腰抱住，掩住了嘴，四个小鬼就把枪给他缴了。把他扼住喉咙弄死也没出半点儿声息。他说，自此以后，敌人放哨都不敢放到街口门口了，要放在屋顶上，放在树上。

这个小孩子，就这样在战斗环境里生长着。他已经很少很少想到家了。军队的生活使他很满意。他在敌人后方随便走来走去，像一条小鱼游在大海里；他没有感情的束缚，随处都仿佛是他的家。在乌苏一带同他一路走走，几乎处处都可以遇到他的熟人。"老王到哪里去？""大胡子你干啥哩？"招呼起来都像老朋友，像久历疆场的战士。他学习虽不很紧张，但他过人的聪明已使他认识很多字了。送信认得出人名地名，买东西可以记简单的账目。安主任有一次说他工作不安心，学习不努力，他反过来批评安主任自高自大、不接受别人的意见、不民主、官僚主义。弄得安主任都闭口无言，只好搭讪着说一声"调皮捣蛋"，草草下台。

同别的小鬼不同，他似乎不怎么喜欢唱歌。在晚上大家闲谈的时候，央着别人唱歌，自己却从不开口。请别人唱歌带几分命令的口气，轮到自己的时候又有一派"谁稀罕唱小曲小调呢"的神情。有些早熟吧？但终究还是一个十一岁的孩子啊。

在乌苏，赶上阳历年，联络处的人大家会餐：十个菜，吃面食，还有酒喝，是相当热闹的。招待所的人大家一桌，王翰文和唱秧歌的小鬼都在座。唱一会儿歌，喝一会儿酒，大家都非常快乐。《王桂姐偷南瓜》，一支秧歌曾惹得人哈哈大笑：

巧打扮，一枝花，
小小脚儿赛乌鸦……

王翰文的豪饮，也颇使我惊讶。高粱白，一干一杯，四两的壶还不够他自己喝的。散席的时候，他不吐，不躁，只脸儿红红的，说："我喝醉了。"——是怎样造就的这样一个孩子呢？啊，战斗中锻炼，灾难里抚养，才使他这样硬朗的吧？记得分别时，连半点儿留恋都没有，倒很爽快地说："同志，慢慢走，前线再见！"

那坚定快乐的影子，到现在还亮在眼前。王翰文，多老气的一个名字啊，我倒喜欢他那个绰号"调皮捣蛋"，因为他不过是一个十一岁的孩子罢了。

三　衙门下乡

城市与乡村素来是相对的，有乡下佬，就有街滑子①。衙门照例是在城里，筑城仿佛是专为保护官保护衙门的。皇帝离开了京城是惊天动地的大事，譬如安禄山造反才逼得唐明皇驾幸西蜀。县官出城也是非同小可的，不是微服私访，就是查案验尸。城市与乡村的距离，几乎一出关厢，便咫尺千里；一道城墙，连城乡间人们的风俗习惯与思想意识都隔断了。可是"七七"的炮声一响，各地的城墙炸倒了（虽然多半是我们自己拆的），城市与乡村间的壁垒也就打通了。各地行政长官不但经常住在城外，就是衙门也跟着搬到乡下了，甚至随了战争的环境变迁而在村落、谷豁、丛林里

---

①街滑子：多指城市里游手好闲的人。

不断地旅行着。大堂、花厅①，不必什么四梁八柱，随便一棵树底下摆一张缺腿桌子就可以审汉奸、问官司。所谓父母官更不必八抬大轿、前后顶马摆那些臭讲究臭派势了，旱烟袋一拿可以蹲在土地上同老百姓聊天、闲话。顶多披了一身"二尺半②"，不认识的人看模样，也不过猜他是一个大兵。但是各项事务却比从前来得丛杂繁复了：要能文又要能武，"上马杀贼，下马作露布③"，苟且潦草是办不了的。人民的性命，军队的粮秣（mò），与汉奸谍探的斗争，事事都须注意周详，都须掌握扎实。

为了向群众解释合理负担与空舍清野④的道理，山西高平县的县长曾半月价在乡村里奔波着。为了指挥游击队作战，沿了平汉铁路的磁县、邢台县的县长就完全过的是军队生活；一颗黄封大印怕就是与文书的油印机和饲养员的马干⑤放在一道的。南宫专员在香城战斗前后与敌人辗转追逐，有一次连自己的铺盖大行李都丢掉

---

①花厅：某些住宅里大厅以外的客厅。
②二尺半：指军装。当时军装上衣长二尺半。
③露布：军中文书。
④空舍清野：转移人口、牲畜、财物、粮食等，不让敌人掠夺利用。
⑤马干：喂马的干食料。

了，就是这号称晋东南行政支柱的沁县专员薄一波，也是终天在部队里在群众中转圈圈的一个，他的专员公署是早就下了乡的。

山西省第三行政区专员公署是在沁县，这是晋东南人人晓得的。但沁县城自从正月十二以后，敌人飞机接连不断地轰炸，早已糜烂不堪，连街宅房屋都剩不下几间了；周围老百姓都已经将"隆咚隆咚雷似响，轰炸沁县城"的歌谣天天摆了在口上，公署是很难得再设在城里的，但是在哪儿呢？几乎问谁谁都不晓得。这样倒叫专诚采访的人有些为难了。

那次我专访薄专员，是倩人特别请一位向导才成功的；但是原听说离乌苏只八九里的地方，我们清早骑了马出发，竟然走到晌午还没有走到。雪后阴霾的天气，既湿寒又黯淡，就是骑了马吧，也实在不是多么舒服的事。上一道九连山，下一道伏牛山，走了东沟，又走冀家洼，好歹在几个山岭的寨落中间一个不大不小的村庄里才找到了专员公署。但是一个矮矮的门楼前面站的一个自卫队模样的门岗却又告诉说："这里是公署不错，专员却已经五天不在家了。要找他，到决死队去，或者到别的什么地方那就说不定了。"大有"只在此山中，云深不知处"的意味。

微微有点儿失望，跨下来的马又跨上去。心里想："这就是衙门吗？"那么几间草房，那么几处人家，连座买卖铺户、吃食商店都没有，作为一个专员的衙门所在处，却实在有点儿太简陋了。但听说牺盟会①的上党中心区也在这里哩，这正是晋东南群众组织的总枢纽，正是十三个县份行政的核心，又感到这个偏僻素朴的村落的幸运与重要，想：敌人所加给我们的苦难，不正是中华民族可以磨炼得更坚强的黄金般宝贵的机会吗？饫（yù）粱肉者可甘糟糠②，地狱都会变作天堂，我感动了。一念之机微，使我从阴沉欲雪的天空里窥到了明媚的骄阳，觉到了荡漾的春光。马上加鞭，"得意春风马蹄疾"，指向决死一纵队的路上，我高兴得要唱歌。

过郭村，正遇着决死游击一团在开誓师大会。说是明天他们就要开往前线去了。作为会场的清和道院的门前，且停下来看看吧。那时讲话仿佛已经完了，台上正演着节目。台下冷风里立着的是士兵和老百姓的混合团体。士兵披了子弹袋，带了手榴弹，背了铺盖卷，一

---

①牺盟会：牺牲救国同盟会，是当时进步的群众组织。
②饫粱肉者可甘糟糠：吃精美的膳食的人，也能吃酒糟、米糠等粗劣食物。

律整齐的武装；老百姓毡帽小棉袄，两手暖在袖筒里，大家都极兴奋。一出秧歌，是《送儿上前线》；一个舞蹈，是《海陆空军》，都给人够多的激发与鼓励。佛殿四周墙上的标语："到战场上显我们的威风！""我们要给老百姓一个好的印象！""一百二十个同志手拉手地上前线。"遒（qiú）劲的大字都仿佛伴了士兵的热血在活活跳动。在墙报上士兵们写着：

……短小铺的钱应当还清，借老百姓的东西要还，坏了要赔，还要给他们说道歉的话。要整理我们的行装，把我们所带的东西都准备好。到出发的那天要开一个军民联欢会，安慰我们的老百姓。要到前方拼命，阻止日本人的进攻，使老百姓过安稳日子。……

第一营的张富旺，写了一大段留别老百姓的话之后，末尾说："亲爱的父老们，再会吧！"不知怎么，这样一句话几乎唤出了我的眼泪。记得六八五团要冲过敌人几道封锁线开往山东的时候，为了千百壮士一齐喊"变敌人后方为前线继续东进"一个口号，朱德将军在冰冷的寒夜里、荒旷的郊野上，像慈母一样那么娓娓动听地嘱咐战士的一些敌人后方游击队战的谆谆训话,我曾兴奋得整夜无眠。

在乌苏我也看见过老百姓欢送决死队开拔①的事:一支吹唢呐敲锣鼓像新嫁娘用的乐队,紧跟了老百姓赠给队伍的锦旗,后面抬着一方桌茶食,花生麻糖之类;再来是自卫队、儿童团、妇救会。有小孩子领导着喊口号:"决死队是老百姓的队伍啊!"决死队呢,一连人走在后边也喊:"乌苏的老百姓真好呀!我们要上前线多杀几个日本人呀!"感情都那样热烈又那样融洽。晚上,队伍以各排作东道②,还要在住处分别地同老百姓聚餐呢,他们实在是互相爱护着……

誓师大会的台前,眼看已经黄昏了,赶到另一处小村子,赶到另一所下了乡的衙门,我才会见了也是决死队政治委员的薄专员。

白皙的面孔,刮得青虚虚的络腮胡子,有点儿西洋美的是那样一个精干漂亮的人物。听说曾为了思想进步坐过六年监狱哩!态度是从容而亲切的。给他谈谈话吧,他绝不会使你感到一般做客的局促。像在自己家

---

①开拔:军队由驻地或休息处出发。
②东道:东道主,即请客的主人。

里,拢了火盆的屋里是姓张、姓梁、姓傅的他那么一些部下;谈话中勤务员也插嘴,真是又自然又洒脱。他是健谈的,谈到深夜,精神还很饱满。传闻他有"铁嘴"的绰号,若然没有更好的暗示,至少是对他一开口便滔滔不穷的一个特写。譬如,冀家洼元旦次日他报告山西一年来的政况,从午前十点开始,一直讲到掌灯时分,听的人还觉得津津有味。

"沁州三宝:瓜子,小米,吴阁老①。"叫人随便买些零食,他这样对我说。

"别人的生活,愈打愈坏;我们的生活却愈打愈好。——你看我们还可以吃宵夜呢。"等谈话中间端上酒菜来的时候,他的话匣子又换了片子了,幽默里含蓄了深意。话引申开,岂不是向后方躲的不见得舒服,在战区支撑的倒满有安乐日子。他不喝酒,也不吸烟,一个嗜好,是喜欢吃冷羊肉。那是清水羊肉加作料,自己在炭火上煨的,大家抢着吃他一罐,味道的确相当鲜美。

谈到军队,他说:"决死队呢,还照八路军差得

---

①吴阁老:吴琠,字伯美,山西沁州人。贤良清正,受康熙皇帝重用,官拜保和殿大学士。

远；处处都得向八路军学习。我们旅长今天就到八路军参观去了。不过有一点我们是差堪自慰的，就是我们队伍的人数越打越多。啊，越打越多的队伍总不至太坏吧。哈哈！"一阵得意的轻笑。

谈到民众运动，他说："我们讲民主，村长已全部做到民选了。选举法老百姓还有发明，叫什么香火点选法。大家提出候选名单，选举人喜欢谁，选谁，就在谁的名字下用香火烧一个窟窿。结果检查，谁底下的窟窿最多，谁就当选。"在座的人听得都笑了。"儿童团放哨，他们也发明了一种新的办法，叫放伏哨：放哨的人隐蔽起来，他看得到别人，别人看不到他。看井防毒，妇女们也进步了，说是叫半腰加盖、井底养鱼……"

战地的衙门是多半下乡了。非战地的衙门也欢迎下乡吧。真真扎根在肥沃的土壤里的树是最容易茂盛的，真真以群众为基础的政府是最稳当的！

四　八万只臂膀

晋东南二十四县的群众大会，是四万个人的人海，带了四万个响亮的喉咙，八万只坚韧的手臂。喉咙的吼声像惊涛，像暴风雨；手臂的挥动也仿佛翻得转山岳，挽得住江河的奔流。混迹在人海里的人是会感觉到像海滩上一粒沙子、春天的一株野草那样渺小吧。

会场坐落在沁县城南关外的广场上，北靠被轰炸得破碎不堪的城阙，南边是蜿蜒东去的小漳河。小漳河结冰了，映带着沿河起伏的丘陵，将广场绕成了一个小小盆地。大地若是母亲，这盆地应是母亲温暖的怀抱吧。太阳挂在高空，耀眼地照着人，煦暖地抚摸着人。纵目望去，又是漫山遍野白皑皑没有融化的积雪。好日子好景致啊！一切仿佛在笑，在唱歌。

实在是在唱歌呢。你看那东来的西来的像潮水一样涌着的人群啊！转过一个山头远远就望见了。黑压压的，还排着队伍，那么整齐又那么自然地行进着。是些什么人呢？是从一个村庄一个村庄聚集了来的、纯真的平民百姓。打头的儿童团的小孩子，一律拿着木棍，穿着得头紧脚紧。跟了来的妇女队，天足①的，缠足的，手里摇着一面面红绿纸旗，个个刮净的短袄，腿带扎得紧紧的，还围了各色各样的毛线围巾。自卫队，雄赳赳

---

①天足：旧时指妇女没有经过缠裹的脚。

的，都带了一副红通通的脸，苗壮的身子；红缨绿缨的枪，黄缨蓝缨的梭镖，招展着像秋禾田里的高粱棵。担架队抬着担架，破坏队扛着铲锹，输送队两人抬着桶的，一人担着筐的，牲口驮着粮的，连骡子小毛驴也上场了。头上戴了草扎的伪装，背上背着打好的铺盖卷——一队、两队，三百人、五百人，像竞赛一样地，踩高跷，唱秧歌，呼口号，喊"一、二、三、四"；还有敲着锣鼓家什吹着唢呐来的呢，也有的奏着军乐。实在太热闹了，花样太多了，眼睛、耳朵，都感到应接不暇。队伍旁边望着，队伍里踏着步子走着，你会为这汹涌的洪流激动得落泪吧？但我知道你是快乐的。

司令台是搭在北面拆毁了的城墙脚下的。一面红旗迎风飘舞，人们的心鼓荡着，都像飞起来那样舒畅愉快。

报到了，正午日当头。按三路行军纵队挨了村庄次序站成一个扇面，山曲村，漳源镇，松村，长街……团体代表不计，村与村是八十六个单位，总数是三万六千四百一十八人。司令台两旁拥挤着的无组织的群众又何止五千六千呢？只吃食小摊就是两趟闹市。请你站稳吧，不然，这人的巨流会将你淹没了的。

"老乡，你怎么不参加呢？"随便问一个旁边的老头子。

"唉，我是武乡；这里来的只是沁县的。"

"老乡家离这里多远？这样大年纪了还来干什么？"

"看热闹啊！活了一辈子了，还是头一次见到这样大世面，人真多啊，你看人山人海！"

人山人海，活到六七十岁也还是第一次看见。原来抗日战争是中国四千年来空前的大事！沁县一县摆在面前的是四万人，然而我们要动员的是四亿五千万人啊！想想数字已经够惊人了，若然亲眼看到这四亿五千万人在一个口令下动作起来的话啊，你日本的大炮会吓得不响，飞机会吓得降落的吧？蕞（zuì）尔[①]岛国，告诉你，我们是注定了：非胜利不可。

请检阅一下我们的非武装的人民大众吧。

司令台上朱德将军，薄、戎两专员，各军各界的团体代表。司令台下，一队过去了，喊："努力奋斗！"两队过去了，妇女们也微笑着，红扑扑的脸向右看开正

[①]蕞尔：形容地域小。

步走。三队、四队，高跷上戏装打扮的花衫小生在唱《抗日点将录》："人民武装总司令，朱德将军人人敬……"一会儿玩狮猫的也出场了，玩了一遍又一遍，唯恐没人叫好捧场。烟立村防空演习：哨子一响是紧急警报，儿童团的孩子便都疏散卧倒了，静静地鸦雀无声。俄而飞机（纸扎的）来了，口里嗡嗡响，毕毕剥剥（鞭炮声）扫射了一阵机关枪，打了一个盘旋又飞过去了。一声漫长的哨子，解除了警报，小孩子掸掸土便又迅速集合。还有几个小孩子仿佛没听见哨子响，依旧卧在那里，你会替他着急："做错了吧？"不，原来他们"受伤"了。你看后边赶来的担架队和挂了红十字的救护队啊，将小孩子抬上了担架，你这才会鼓掌喝彩。

自卫队演习怎样进攻、防御，怎样迂回、包抄；坦克车（纸糊的）也出动了。火鞭是枪声，爆竹是手榴弹、炮声。一队佯退，一队猛攻，猛攻的遭了埋伏便全军覆灭了，挺进的遇到侧击便溃不成军了。你会相信这演习的人就是平日与锄头镰刀为伍，早晚埋头在田地里辛苦劳动的老百姓吗？战争唤醒了他们，战争教育了他们，在烽火的燃烧里他们什么都学会了哩！火线上作战也好，后方管理事务也好，群众才是力量的源泉。什么时候要便什么时候给，要什么便有什么，那是无尽藏的宝库啊！——你听一个真正农民的代表曹寒用的讲话吧：

"……代表农民干部八千四百人、农民三十八万向毛主席致敬！"他这样开头，一个不识字的农民啊。"日本人抢我们的东西，能拉的粮食拉走，能带的妇女小孩带走，看我们的房屋拉不动也带不走，他们便给我们烧！看这样的情形，我们还不赶快起来打倒他们吗？……"话该是不用多讲的。

朱德将军说："我们要人民拥护军队，军队拥护政权，只要团结一致打下去，我们一定胜利的……"薄专员说："……粉碎挑拨离间动摇妥协，全国不分党派、不分阶层地统一抗战下去，……"

好的军队，好的政权，与更好的千万群众，团结成一个整体，串成一条心，还哪里去找我们的敌人呢？敌人怕早早缩紧头充乌龟了。这种力量是碰不破、打不碎、烧不毁的！是不可战胜的！在沁县城里胜利品展览会上，我看到了日本首相近卫文麿（mǒ）亲笔写给日本板垣大将的题字"日本国歌"，那是一次战斗中八路军从日将板垣手里得来的。别的堆积得山样高的大衣、军毯、枪支，写满了"祝出征""祝入营"的太阳旗不算，只这幅题字就足够向世界证明，日本军阀指挥下的一群是应当从哪里来赶快再回哪里去了。在又一个工艺品展览会上，我们看得到武乡造的手榴弹、地雷，辽县造的套筒枪，黎城的小金口步枪，和顺的撅把枪……正回应了"自力更生"那个响亮的号召！

几乎炸平了的沁县街上，于残砖败垒的空隙里，处处看得到新年来贴着的朱红对联。甚至土地庙上也有："土地也抗战，早已上前线。"从废墟上生长出新的力量，苞育着新的花朵，是令人高兴的。

一个拳头，一把刀，一条枪，
都要送给前方；
一个铜板，一块面包，一件棉袄，
都要送给前方。

是这样的歌声："收复失地"，不是今年是明年。你看沁县城挥舞着八万只有力的臂膀！

1939年1月

响堂铺

　　1938年3月31日，八路军以一个团的主力在响堂铺截击敌人一百八十辆汽车，于短短三小时内解决战斗，整整毁了他九十三辆，得获全胜。当时报纸上曾小小地写过一笔，关心抗战史实的人们该还记得清楚吧。隔年的1月11日我们凑巧经过那里，并在那里留宿一夜，亲眼看了那光荣的战绩，我对战斗虽无半点儿汗马功劳，但想来是觉得荣幸的。

　　从山西境的黎城去河南涉县①境的响堂铺，必须穿过东阳关。东阳关虽比不上迤（yǐ）②北正太路上的娘子关或再北的平型关、雁门关险要，但就地势说起来，也是山西通冀豫的孔道。太行山的主脉，在此弯弯曲曲横断为两壁悬崖，稍东的五候岭、关东坡，都是乱石层截，垭（yā）③洼垤（dié）④穴，直到作为古壶口关的

---

①河南涉县：当时涉县属河南省，现在属河北省。
②迤：往；向。
③垭：两山之间可通行的狭窄地方。
④垤：小土堆。

小口村，几乎没有一步路是好走的。每当冰天雪地的时候，行旅跌蹶（jué）①损折牲畜是常有的事。所以当地人都目为险路。作为晋豫分界的那一拱石门上也题有"天关叠嶂""地设重关"那种字样。真的若能在这里设置重兵，好好把守，即使敌人有飞机坦克骑步炮兵，想进关是不大容易的。可惜抗战初期驻扎在这一带的骑兵步兵没能防御得稳，与敌人稍事接触便即退去，致使敌人得于去年春天攻克了东阳关之后，便长驱直入，而黎城、潞城，而武乡、长治，形成了九路围攻晋东南的局势。惯于吹牛的敌将一〇八师团的旅团长苦米地也竟吹起了"踏破太行山"那样的大话。

现在自然是已经将敌人打出去了。到今天为止，晋东南八十余县已过了十个月敌人后方战斗中的太平日子。追源其始，别的部队不说，八路军一二九师的几团人是尽过他们英勇的努力的。有名的潞城神头战斗，作为粉碎敌人围攻主要战斗的长乐村之役，同这断绝敌人给养的响堂铺战斗就是例子。

从去年1月起到3月止，敌人从平汉线过武安、涉县

---

①蹶：摔倒。

这条大路运给养弹药也不知多少次了。涉县东阳关都驻得有敌人不少的队伍，专门护持这条交通要道。3月31日以前我们八路军早已探听明白，瞧好了，那天会有敌人大批汽车要照常由响堂铺向西进发，便于30日夜晚将队伍部署好，以两团兵力把住驻扎黎城东阳关的敌人，钳制其增援；以一团埋伏在响堂铺迤东神头河南的两岸高地，封锁消息，严阵以待。当时请了很多参观战斗的来宾，登在道南最高的山头上。打仗还请人参观，这不是轻易来得的事情，非胸有成竹指挥若定是办不到的。

　　果然，31日早晨八点就有敌人来了。听说先是两辆小坐车，大概是先遣的侦察之类。到神头河，先下了汽车，拿望远镜照了照，仿佛没看见什么，便放心地上车开过去了。我们沉默着，等着，小鱼过去就让它过去，我们撒的是大网啊。后边才是大溜呢。汽车接二连三地开过来，数目是一百八十辆。过到正好的时候，我们这边才收网。命令下来，接火，砰砰一阵手榴弹，接着一阵机关枪，两边的山峰正好用回响助壮了我们的声势。九点开始射击，到十二点熄火，总共三个钟头，敌人连还击都没有来得及，就解决了战斗。功果圆满之后，我们队伍很快地拉上山去；运走的是平射炮四门，重机关枪十八架，弹药无算。来不及搬的汽车上的东西，纵火一烧；烧是容易的，汽车上现成的有汽缸汽油。十二点，我们的人撤净了，预料到的敌人派来了十二架飞机，砰零嘭隆狂炸了一通，炸弹通通投到神头河里，正好，我们没烧完的汽车他们来找补了一下，全炸完了。事后查查，不多不少，九十三辆。

敌人跟汽车来的，跑掉的不多，每车以六人计，数目也该相当大吧？我们呢，截击汽车的一团人简直没死伤什么。等着打敌援的两团人倒是同从东阳关出来的敌人对山上堡垒来了一次争夺战。战士的英勇是令人钦敬的。内有一排曾牺牲得只剩了一个战士，这个战士却抱紧了五支枪从弹雨中滚下山来，完成了他的战斗任务。这个大胆的战士，你若去拜访他，他是可以兴奋地同你摆一摆当时战斗的龙门阵的。

参观的人拍掌了。

八路军打埋伏，如有名的刘伯承师长说的："枪打在敌人的头上，刺刀插在敌人的肚子上，手榴弹抛在敌人的屁股上——赚钱的生意我们做，不赚钱的生意我们不做。"因此七七二团有了"夜摸常胜军"的称呼。看来将生命交给他们，即便在残酷的战场上他们也是可以保你的险的。这样的队伍多来几师几军该是欢迎的吧。

实在敌人是应该这样教训教训的。请你看看响堂铺村里，原来一百八十多户人家的大镇，靠近大道，过去买卖也还是相当兴盛的。只因敌人过了几趟，住了几次，现在却剩了不到六十户人家了。房子被敌人烧了一多半，一百多男女被杀戮奸污了。就我们住过一宿的姓冯的这家，原是响堂铺极安分极殷实的人家，不想敌人去年春天来了，杀吃了他们的牛羊，牵走了他们的驴子，将一个家长同两个年富力强的儿子从躲藏的窑洞里拖出来杀死了。剩下的只一个当时逃到山里去的十多岁的孩子和几个寡妇。问问她们，说："苦啊，不像个人家了。"事情过去快一年了，人人脸上还是浮着悲凄菜色。看了她们穿的白鞋重孝，就知道这悲剧是千真万确的。她们房子倒还好，因为是瓦房没遭了火烧，但房顶掏的一个大洞，也已是放火不遂留下了"皇军"的手泽了。

响堂铺的人不穿孝的就很少。"我们逃到山里，趁夜深敌人退出的时候来家取点儿吃的，碰巧了拿点儿走，碰不巧遇见敌人便被打死了。"这是老百姓告诉的话。"往往知道家里人死了，只能在山里哭一场，都不敢回家埋葬，尸首都是停在街上两月、三月……"

看看一家家烧毁的房屋，院落里堆积的瓦砾，烧焦烧黑了的梁木，再看看他们搭了一间草棚就住下来过日子的情形，已经够清楚日本人的残酷了，然而还没有看见暴露三月不埋的尸体啊！没看见……

兵站刘站长告诉：响堂铺东街有一个二十多岁的妇女，因为没有来得及逃跑，被敌人捉住了，从晌午在大街上轮奸起，直到傍晚，人都不能动了。等到夜里敌人退出才被人背着逃走。又西街有一个十五岁的姑娘被敌人捉住奸淫，羞愧得跳井了，从井里捞出来还要继续奸下去。人就在响堂铺，村里人都说得出名字。

你说，这样的侵略者不是禽兽！

可是出了响堂铺走到神头河边的时候，老百姓也告诉了我们，在一截长长的隘路上，曾堆过满满一路敌人的死尸，都是八路军用手榴弹打死的。地上有一块沾上了土的黄呢子，老百姓指着说："这是日本军装。"我们拾起来看看，吐两口——我们也看见了你侵略者死亡的地方、死亡的痕迹了！

到干涸了的神头河滩，我们看见了散乱地摆着的汽车的铁皮，都锈了，折皱了，退了漆光失了彩亮了。比较完整的有四辆，两辆平放着，两辆捣翻了，车篷朝地，车底朝上满是石头，大概是过路的人们抛掷了泄恨的。车多半是小坐车，想来当初一定有弹簧坐垫，有绒呢裱就的车衣，有按了呜呜叫的喇叭；在箱根、日光①坐了兜兜风逛逛景该是很神气的吧？现在一股脑儿葬送在这里了。汽车有知，在被征调的时候也应当发出反战的怒吼吧？初毁的时候，一列九十三辆，一趟河滩三四里都是汽车，许是很壮观的。废铁现在运走打手榴弹去了。我们需要更多的武器毁他更多的汽车。

在村子里看到了敌人焚毁的我们的房舍，在河滩里看到了我们捣毁的敌人的汽车。站在烂汽车的旁边，让同行的季陵兄给照一张相，留他一个纪念；对战绩我们虽只是读者，也分他一份光荣吧。

1939年2月

————

①箱根、日光：都是日本城市。

夜摸常胜军

夜摸常胜军，老二团，其实是年轻的。"老"是它的斗争历史，它蕴藏了十多年丰富的长征故事，年轻是它的战斗精神："攻如猛虎，守如泰山，百战百胜，七七二团。"（是谁这样称誉过它的。）

老二团的基干，除却了特务连、炮兵连、通讯排、无线电台，主要是三个营构成的。三个营各有天才：一营善攻，曾得过"饿虎下山"的奖旗；二营善守，绰号叫"坐地虎"；三营善摸，长于夜袭。部队里驰名的"夜摸常胜军"，则是全团荣誉的徽号。三个营的营长说来也奇怪，配合了他们各营的战士，像一个人一样，也都具有各自的性格：一勇敢，一沉着，一机动。——猛打猛冲是全团的风气。"打不胜仗不是七七二团！""无论如何要完成任务！""无论如何要消灭敌人！"自信心坚强得像生铁铸在每个指挥员和战斗员的心里。若然有人喜欢"撼山易，撼岳家军难"，古时岳武穆①率领的南宋貔（pí）貅（xiū）②，若有人喜欢北伐时代叶挺③将军麾下的铁军，让他也喜欢这老二团夜摸常胜军吧。

　　说来1937年初冬，这支队伍从陕西的芝川镇东渡黄河开往北战场前线的时候，指挥员战斗员一起，还都是些十足的"土包子"。黎明从侯马由同蒲路坐火车北上，他们都是大姑娘养孩子——头一遭。请不要笑话，他们自有他们的骄矜与执着。在太原初次见到飞机，"飞得这样高，怕它个甚，真是窝囊废！"他们也没把铁鸟放在眼里。说话不讲客气，年轻得还像一个孩子的政治委员，是一出生就参加了革命的，心热得像一团火，意识纯洁像一朵白花；叫他去见友军的师长，因为没有名片，他要同卫兵打一架才进去。与师长谈话，会"我就不信你那一套！"那样爽直。战士说话也满口新名词，但往往是错得可爱的："你这个人有点儿意识"（意思是意识不正确），"老百姓拥护了我们一条猪"（实在是应说"慰劳"的）。

---

①岳武穆：南宋抗金名将岳飞，谥号武穆。
②貔貅：古书中的一种猛兽，比喻勇猛的军队。
③叶挺：我国杰出的军事家，中国人民解放军创建人和新四军领导人。

可是经过了长生口的处女战,经过了两战七亘村,经过了被敌人也称为"典型战术"的神头战斗与截击敌人一百八十辆汽车而焚毁了他九十三辆的响堂铺战斗,土包子眼界可就开大了(眼光原是远大的),世面也见得多了。每个人身上,不是呢大衣皮帽子,便是三八式步枪、重皮鞋或者黄呢军毯、日本慰劳袋、红膏药太阳旗,有件把两件不算稀奇。团长、参谋长几乎穿的用的全套都是日本的东西。战士们差不多每人有一管自来水笔,他们互相叫作"靛(diàn)笔"的。笔尖叫"锚子",墨水也叫"靛水"。他们总喜欢彼此将靛笔换来换去:"我这锚子太细了。""我这橡皮袋袋老漏水。"像弄惯了的枪支的大拆卸,三天五天便聚在一块儿拆开来收拾收拾,擦擦,洗洗,慢慢就弄坏了。坏了也不怎么可惜,哪怕是正牌"派克";反正再一次战斗又可以换一支新的了。

实在是这个样子。惯于打胜仗的这支部队,军火不专靠我们后方的供给,零星用物也多是敌人送来的。他们将敌人叫作"供给部"哩。往往正需要些什么的时候,敌人就送到跟前来了。只要挑选一个好时辰去领取就是。譬如黄昏时候,大雾天,鸡鸣的拂晓。1937年11

月11日七亘村一次战斗,他们消灭了三百敌人,获得的胜利品只饼干一项就足足驮了二百头牲口。战士有几天单吃饼干过日子。有一个战士喜欢吃压缩饼干上的一块糖,饼干不要,只将糖弄下来,竟装了满满一干粮袋。战时后方吃不到用不到的东西,他们不但自己吃自己用,并且还可以运到远方送人:罐头牛肉、沙丁鱼、牛奶、成袋的砂糖、盒装的咖啡、可可、表、水笔、牛皮背袋、水壶……日常吃小米饭,吃玉米花炒面干粮,高兴了却吃着苏打饼干来一杯加糖的浓咖啡,这该是不可想象的口福吧?

"没有烟吸怎么办?"

"不要紧,再次战斗回来,我请你吃日本天皇御赐的香烟。"

这样的对话不是战士们说说好玩的,他们真是在每次战斗之后互相以胜利品馈赠着呢。他送你一个小巧玲珑的洋漆纸烟盒,你送他一副金将、银将、飞车、桂马的日本将棋,实在是太平常的事了。

老二团原是没有炮兵的,现在以历次战斗所夺获的敌人的五门平射炮、山炮作本钱,也有一个炮兵连了。第七、八两连的新兵入伍本来都用的是带红缨的梭镖、锚子，长生口旧关一战便全换了三八式步枪。捉到的一个俘虏还赞扬说："你们武器配合得真好，长剑刺得厉害的有！……"新战士也敢大胆吹牛："老战士有枪，我们有梭镖，同样可以杀敌人。"有的战士病了，不能出发打仗，另一个战士安慰他："你好好地养病吧，回头我给你带杆新枪来。"说话的语气连半点儿含糊都没有。回来时也就真的用一支新枪代替了其他任何探病的礼物。其他如高头洋马、轻重机关枪、电线、照相机、望远镜，到敌人那里去取，连开开收条的手续都不用，仿佛只招呼一声放一阵信号枪就够了。

不过"供给部"的运输也有供不应求使人失望的时候。譬如1939年元旦的侯峪伏击就是例子："日本也穷起来了，满想打点儿吃的来过个好年呢，却什么也没有！"没有黄呢军毯了，代替了毯子的是破棉被，棉絮还都是陈旧的；呢子军装换成了布的，给养车上也运起小米来了。想到过去战斗回来，解开敌人的慰劳袋慰劳了自己，袋子还可以撕了打草鞋；黄呢军毯战士用不完，剩下的去做马衣；怀表、手表可以捡"大的"使用——那次从敌人身上得到的却只是些各式各样的护身符、千人针、写了出征年月"祈武运长久"字样的太阳旗、青天白日的通行证和反战传单而已。

那种时候战士们是微微有些懊丧的,但也正因为敌人捉襟见肘的穷困而在内心里偷偷喜悦着。何况在胜利归来的时候,老百姓往往箪(dān)食壶浆来欢迎慰问呢。在老二团驻扎的左近路上,你碰见一队队满驮了猪肉、羊肉、鸡、柿饼、核桃、花生、瓜子的驴骡牲口,就正是后方群众派遣出来的。那丰盛的慰劳品里,更多的是鞋、袜、手巾、慰劳信件;手巾有的是妇女们亲手用土布裁制成功的,手巾的边缘上用红绿丝线绣着妇女们自己的名字。

群众是流水,老二团便是游鱼;"鱼跃于渊",老二团扎根在群众的心里。松烟镇的人说:"前次你们走了我们真舍不得;天天望你们回来,总听不到你们的消息;后来听说你们在黄崖底打死了八百敌人,我们很高兴,今天打胜仗的队伍可又回来了!……你们不再走了吧?你们不在,你看敌人便又来了,这不是又烧了百多间房子,杀死了三十多口人!你们来了就好了,希望你们永远住下去。"

友军说:"人家老二团真吃得开!"是呢,老二团到哪里,胜利就到哪里,哪里的老百姓就自动送信、烧水，自动运粮秣、搬子弹、抬伤兵。"只要打胜仗，搬几十天的东西我都愿意。"漫流河一个老头子这样说过。他是跟着队伍发过洋财的。在七亘村，一个五十五岁满脸胡须的农夫姜长荣也曾替老二团藏过一挺六一四的轻机关枪呢：

"快来呀，我已经等你们三天了。"

"街上没有敌人了吗？"

"没有了。我再去探探看，如果有，我用手一招，你就来打。"

老头子来回跑得满头大汗。

"没有了。只有三箱干粮，你看我背来一箱。"

"你真是老英雄！"

"哪里话，你们来保护我们，我们也应该尽力干！可惜！我已五十多岁了，不然我要同你们一道去和敌人拼命去。……你们要好好地干啊！……"

还用什么其他的鼓励吗？哨音叫着集合，号音叫着前进。上火线恨不得胁下生两翼。"你看人家老二团，不仅仗打得好，就是走路也好看。"老百姓的另一番话，将一个个战士变成了生龙活虎了。紫堂堂的面孔透露着满心的高兴，还在行军的时候拳头已经发痒得要打了。冬天一身小棉袄,夏天一套灰布军装,一顶苇笠,一双草鞋,风也是它,雨也是它,雪也是它;过黄泽关九里十八盘,一夜半天赶一百七十里。几时听到连天响的炮火,战士的情绪更激动得枪筒都要发起热来,那时他们驰骋在枪林弹雨的洪涛里就要像游泳一般的愉快了。危险是什么,他们是不晓得的。七亘村战斗里,十二连四班的战士杨绍清,负伤三次不下火线,反而沉着地杀死了六个敌人,得了五支步枪。在里思村击退敌人六路围攻,牟永桂一个人在撤退的时候说:"你们先走吧,我来掩护。"结果以二十九排子弹阻止了敌人的进攻,掩护全班安全退出战斗,而自己也安全地回来了。

打仗是一种娱乐。挂彩是一种光荣。禁止上火线的彩号,往往偷偷地跟着队伍出发了。出阵的号音一响,病号也将自己的病痛忘了:

"你不是有病吗?出来干什么?"

"打仗嘛还有病?——我带了足够三天用的药呢!"

被留在家里护守的战士有的噘了嘴哭起来,说瞧不起他,为什么打仗还不叫他去!——听说日本"皇军"

有集体自杀的事呢,"皇军"有用刀剁去手指制造残疾的事呢,"皇军"有听说要开拔便自己偷偷地藏在中国老百姓的棺材里的事呢:若然知道了我们将作战看得这样容易、这样平常,怕他们做梦也会咋(zé)舌惊异的吧?真金不怕火,好货就怕样子比。到这里我又该说一个小小故事了——

"你在队伍里受饿吗?"

"不。"

"挨打吗?"

"也不。"

"不受饿,不挨打,谁叫你回来的?"

"我想回来看看爸爸,看看你老人家怎么过日子。"

"无耻的小子!谁叫你看呢?赶快回去,我不稀罕你看!"

这是昔阳苏亭村自动送儿子加入队伍的陈国栋和回家的儿子陈乃柱一截简短的对话。儿子是三连的副排长,到家不到两小时就被父亲送回来了。

听了这些情形你不感动吗?——群众愿意当兵的就加入老二团了。他们沿途打胜仗,沿途展览胜利品,沿途叫老百姓看日本俘虏（老百姓看日本人好像看把戏，敌军的住室往往是挤得满满的）。

"老乡辛苦啦！"战士对抬伤兵的老百姓说。

"不，你们更辛苦。"

"你看见过日本人吗？"

"看见啦。好，你们队伍真行，胜利回头！"

啊，"胜利回头"。就这个胜利回头，便是广为招徕的好办法。日本兵是越打越少的，我们的战士却越打越多。不是没有牺牲，而是报效的踊跃啊！榆社凤台坪一天可"扩大"十五个新兵。——战士知道开小差是一种耻辱；偶尔跑出去，也会被战士的家长送回来的："你要往脸上贴金，不要往脸上抹灰呀！"群众也瞧不起逃兵。

是的，老二团是战士的营盘，是战士的学校，也是战士的家哩。人家的家长好：要吃吃一样的，要穿穿一样的；一块儿打篮球，一块儿唱军歌。上了阵是指挥官是战士，下了火线却都是打打闹闹的一家人。

"多吃一点儿嘛，能干不能吃也算不得好汉！"

"当心，不安心养病老子要揍你喽。"

有时长官会这样地说话呢。粗鲁些是吧？"打是亲，骂是爱"，粗鲁里却带着真诚与亲切，战士听了笑得嘴都闭不拢了。

王参谋长是军事人才，也是艺术家。战斗计划做得周详，也画一笔很好的水墨画。萧政治委员是当小鬼出身的，年轻而豁达魁梧，带一派铁石硬的意志，他是部队的灵魂。过去的团长叶成焕是有名的干将。命令下来，哪怕艰难得像爬刀山，他没有不完成任务的。在火线上作战，只要有他在，旅长、师长便都放心了。——

"去看看，叶团长的位置变动没有？"是陈赓（gēng）旅长的吩咐吧？

"叶团长的位置没变。"报告回来，旅长点头了。

"那么，叶团长挪动位置啦？去看看怎么回事？"这又该是刘伯承师长的命令吧？——他们都爱老二团，也更爱叶团长，可是叶团长却在长乐村粉碎敌人九路围攻的时候重伤牺牲了。听说刘师长为此落过泪，不是心肠软，那是爱将的心切、爱将的心热呀！

长乐村，是打击从榆社、沁县回到武乡预备向长治退却的敌人的一次激烈战斗。在白草汕（chān）一带包围了敌人两个联队、一个炮兵团。从早晨八点打起，直打到夜晚八点，打死的敌人在一千以上，已算很大胜利了。战事初起,特务连长带队伍从四五丈高的山坡滚下,阻止了敌人占领山头;战士童庆贤于密射的弹雨中跑下山去骑来一匹日本马,后边还跟来一匹骡子;炮兵连发炮二十发炮弹不炸,连长气了,吐一口唾沫,"妈的!"骂一声,将炮搬起来转一个花,再发炮便百发百中。敌人只烧骨灰就烧了五堆。……英勇的事例,在这次战斗中表现得也算够多够多。只是我军先退,有几十汽车新枪没能得到手里,团长觉得有点儿可惜,有点儿不服气。他还拿了望远镜望了又望,找寻机会。特务员将望远镜抢过去,拉他走,他还是留恋地说:"给我,我再看一次。"就在这转身的时候,受了重伤。

"强将手下无弱兵。"——陈赓旅长说:"游击战的实质,要大踏步地前进,大踏步地后退;要抓住秘密、迅速、果敢的原则。"刘伯承师长说:"要发动民众,组织民众,武装民众。"朱德将军说:"打日本要用运动游击战。"……老二团是这样一个系统下的队伍。

好的教育,好的学习,这是治军的钥匙。部队只扩大不整理教育,那是上不得阵,也见不得敌人的。老二团的教育紧呢。在火线埋伏好了而敌人还没有来的那一刹那，以班为单位他们要开讨论会：讨论上过的文化课、政治课、军事课。战士们有宁愿打仗罚勤务也不愿学习的："老子四十多岁了，还学习这干啥？"也有的被阿拉伯字码逼得头疼了，着急起来，便把枪拿来缴上很忸怩地说："哎呀！我干不了，不干好了。"可是他们终于克服了这些困难。学习制度继续下去。不但学习，还要考试。

考试的时候，就是副团长、参谋长也得在露天下皱了眉头答卷子。官兵一致。考完了还要发榜：他们也就头疼这个发榜！有的排长、连长怕考不好，丢人，悄悄地将试卷撕了，算请假；有的嫌答得不完全，在卷尾加小注：

糟糕糟糕真糟糕！
这些问题答不好，
大家同志不要笑。

看卷子的政治主任却给他紧接了批上：

答题还不错，只是太啰唆；

下次更注意，求实不求多。

慢慢地他们就感到学习的趣味了。他们经常举行政治、军事研究会，研究会的席上吃茶点，有时也含着考核的性质："这里几十包瓜子，同志们可以拿去，可是里边有的包着骨头——政治问题，哪位拿到定要答复；要忠实，要互相监视。……"主席会这样宣布呢。几乎在玩耍里也有一个正经的意义。——你看一个十四岁的勤务员，希圣，加入部队不到一年，就已经可以看浅近的文件，看通俗的报纸了。哪里的学校教育会这样的速成呢？

啊，这就是老二团——一二九师的七七二团——踏入抗日战争整整一年零六个月，从没有过三天以上休息的队伍。山西的平定、寿阳、和顺、辽县、榆次、太谷、榆社、武乡以及太行山里里外外，都被他们踏遍了。南起道清铁路，北至娘子关、雁门关，都有他们留下的踪影，留下的灿烂的战绩。当他们的长长行列从滹（hū）沱河上游的山谷里像一条乌龙似的迈进着的时候，我看过他们彪壮的军容。战士们一个个红通通满带风霜的脸上，都浮着一层小孩样烂漫的愉快。像雪霁的大年初一，晴明的天气，绚丽的阳光，发射着一道道照人的光彩。道旁的群众欢迎他们，老头、小孩、妇女，都朴实忠厚，高兴得连句恰当的欢迎话都说不出来了。偶尔憨直地问问："辛苦啦，同志！"舒畅而朴素的笑是战士的回答。你还能再从什么地方得到更多的关怀与更多的慰藉吗？

老二团，想冲过敌人的封锁线，跨过平汉、津浦两条铁路打到东海边去，也不知道有多少次了。上级的命令却是"你们打仗太多太疲劳了，需要休息休息"。这在他们是感到异常郁闷的事！在战争的火焰里锻炼出来的健儿，他们是不知道什么叫疲劳，什么叫休息的。他们只有胜利，胜利，传播在他们口里最流行的号召是：以胜利配合胜利，以胜利争取胜利，以胜利庆祝胜利。在别人放鞭炮、穿新衣，来过年过节的时候，他们却宁愿"去打一个胜仗吧"！

不然，怎么叫老二团、叫夜摸常胜军呢？

1939年9月12日，杨家岭

马上的思想

月亮上升了。是很好的团圆月。

紧一下辔头,我愿意就驻马在岭上,望一望十里外那几盏明晃晃的煤气灯的灯火(老五团正在那里举行誓师晚会)。夜深了,大地像熟睡了的巨人,那几团火光,正像巨人胸膛里活活跳动的心脏。我也觉到我的心的跳动了。兴奋得很!

变敌人后方为前线,继续东进!

我在想那一幅悬在誓师台前又长、又宽、又遒劲博大的红字横额。它像用了雷霆一样的大嗓音在喊,呼唤着驻扎在村落里的队伍,当太阳还没落,就带着四野进军的歌声集了拢来。一个个战士都收拾得头紧脚紧,全套武装都披挂起来了:枪背在肩上,手榴弹插在胸前;折叠得方方正正的军用毯——那份多单薄的家当,黄色的,是从敌人手里夺来的胜利品——紧紧驮在自己的背上,作光荣的标记。就要出发的样子,轻机关枪、重机关枪、战炮,也都调出来了。那位有名的瞄准放射百发百中的"花机关连长"可就在这里边吗?其实每个人都是在弹雨里洗浴过，都有千百个英勇的故事藏在心里的。

老百姓也跟着那样忙，有的还没吃完晚饭，端着小米饭碗就出来了。老头、小娃、妇女。——好邻居、好弟兄要走啊，都仿佛想用一番留恋的热情，像送别家里人似的来看看他们。

有这么一幕，这北村南郊的一带麦田也应当引为光辉。

人到齐了。歌唱着。

"妈，那就是朱总司令，你看多好啊！"

我永远忘不了，那个十一二岁的小女孩，扯着母亲的衣角偷偷地告诉的那句话。实在，旁边的人谁不小声喊喳着说呢——带着惊羡和叹服，当台下涌起掌声、欢呼声，而台上出现一个老兵的时候。那老兵稳稳地站着，双手握在胸前，为了内心的欢喜而蔼然地笑着。——那就是敌人听了发抖的朱德将军。

他是特别赶来给他亲手训练起来的队伍讲话的。

士兵们爱他，提起来都叫他"朱德"。老头子是平常一起打篮球的人啊，为什么要客气呢？真是，朱将军怕是最没有架子的平凡的伟人了。西安到灵宝的路上，我见他坐载重汽车，穿一身灰布军装和汽车司机挤在驾驶室里；华阴县岳镇的北关头上，同警卫员一块儿吃煮白薯，吃带芝麻的关东糖，从他毫无骄矜的谈吐、纯正自然的态度，谁知道他就是千百万人常常念叨的人物呢。灵宝到渑池坐夜车，悄悄地走过，连站长都不晓得……

"因为战争关系，很久不见我们的总司令了！"

台上这样一句介绍的话还没说完，你听："欢迎我们的总司令！"台下已荡起潮水样欢呼的声音了！

"亲爱的同志们！"对士兵像对家人子弟，话说得那么亲切，"很久没有同你们讲话了，很想看看你们，和你们谈谈……"但又一阵欢呼打断了他："接受总司令给我们的指示！""我们要大踏步地到前线去啊！"欢快兴奋的声音拥抱了他，他被卷在声浪的中心，被涌在声浪的巅峰，很久很久他才能再继续地讲话。

将军的话该讲得很长吧？趁夜还没深，我却先离开。热情鼓荡着我，使我兴奋、快乐，在迎着北风奔驰的马背上，我眼里涌出滚烫的泪了。我笑，我感动，我深深体会着士兵们狂热的感情！

月亮上升了，我愿意驻马岭头，再往远处眺望眺望。望那几团明晃晃的灯火，和灯火下黑黝黝的带着灯火样燃烧的心的人群。我也是带着留恋的心情的。想想今夜他们还聚在这里，听自己领导人的报告；明天，也许就是明天的黎明，他们就要翻过一重一重的高山、一条一条的长河和敌人的封锁线，绕到敌人的后方，绕到东海边，去与敌人作艰苦的搏斗。什么时候再在这里聚会呢？什么时候再听总司令的讲话呢？我知道总司令的嘱咐、总司令的笑貌，将是士兵们永远的记忆和骄傲；像小孩子小心握在手里的糖果一样，士兵们会将它深深地埋在心里，一直到胜利的时候。

啊，晚会的节目快开始了吧？为慰劳战士们、欢送战士们，总部的火星剧团要演戏给他们看呢。剧团的一帮小同志，每个小小的灵魂，都肩负着一个大大的使命。他们要以跳舞的活泼，给战士们的生活茁出两只翅膀，安上两条桨；他们要以精悍警策的剧情，给战士们忠贞坚定的意志，加一把锁，垒几重基石。他们给原就快乐的以更大的喜悦，给原就英武的以更高度的勇敢，给……就因为这些，我愿与每个小小演员，作亲密的握手，留永远的记忆。

你看啊，他们将三个小孩垒一架飞机，另三个小孩做一个骑兵，海、陆、空三支军队联合起来，敌人跟着就垮了。他们将扮演一出《死里求生》，描写一个顽固的乡下老头子，不听儿女的劝告，敌人来了还不逃走，反而听汉奸拨弄去欢迎"皇军"，结果女儿被奸杀了，自己被绑在柱子上给汉奸打死了。惹得敌人嬉笑："支那人打支那人，大大的好！"被逼了去杀自己的父亲的老头的儿子，也因不听指使被敌人打伤了。直等游击队来，他才挣扎着把汉奸打死，而死里求生，参加队伍。

我眺望着，像眺望故乡；待拨转马头再继续我的归程时，我的心为惆怅而沉重了。这时候我才觉到月亮是那么冷清。冬夜的雾霭弥漫在大地上，苍茫如一片汪洋。村落、丘陵、远山、近树，浮沉在雾气的海中；缥缥缈缈的，人像在梦中游行。衣服潮了，马镫上的脚觉到了冰冷。山坳里会有饿狼溜过吧。天上不时有光——划过去的流星。人们都睡了，连一声犬吠都难得听到；若不是还有嗒嗒的马蹄声做伴，我真不知道我是一个鬼魂，还是一条生命。

夜，的确太静了。

马是一匹日本马，是战争中的俘虏。脚长，颈细，头小。走起路来昂首阔步，像它的故主带些趾高气扬的神气。跑得慢，又颠簸，骑着真不舒服。是谁说来呢？"像一个大姑娘。"这马若是在日本，春天来姑娘们骑了看樱花，不该是骏马美人很值得艳羡的事吗？不想，法西斯蒂的侵略战，带累得畜生都被俘虏了。幸亏这样的俘虏多得很，不然，就是马也会感到异乡的寂寞呢。

想起了一个日本马夫和一只鹦鹉的故事。

故事是敌军工作部长告诉的，事情见武乡战争中缴获的敌人的日记。写日记的人名叫田野谆助，日本高等商业学校的毕业生，在国内曾当过公司职员，被征调出来当的是辎重①兵的马夫。人还是爱好文学的呢——

> 如果是能飞的鸟，
> 或是能飞的东西，
> 快快越海到日本，
> 那里有妻在等待。

他思念家乡，在日记里曾留下过这样的诗句。关于鹦鹉，是他们部队开到武安的时候，1937年11月间

---

①辎重：行军时，由运输部队携带的军械、粮草、被服等物资。

的事。

"吃饭后到街上散步，"日记上这样写着，"到一家药铺，里边是空的，只有一只鹦鹉在那里叫。家里一个人也没有。鸟在笼子里跳着。"

"鹦鹉啊，"到这里，马夫记下他对鹦鹉讲的话，"昨天还是挨着你的主人，现在你主人是死了吗？还是到哪里去了？任大风来摧残过的你的主人的家，现在肃然无声，只有你什么也不知道地跳动着。但是一会儿你也许要感到饥饿吧？——战争不但使人类痛苦，并且使你也为人类之痛苦而痛苦。"

"鹦鹉啊，你不知道昨天的战事吧？——好吧，让我来养活你吧。"

就这样他把鹦鹉带走了。

在另一篇日记里，这位田野谆助还写着：

"以后我不说话了，病从口入，祸从口出，以后我只写下来。"

说不定是一个厌战的多言的人。

田野谆助凑巧是一个马夫，我骑的这匹俘虏马是否就是他照管过的一匹呢？谁知道！扬州，日本兵在作为营妓的慰劳所里曾嫖到过自己的老婆，碰巧事原很多啊!

　　田野君的日记落在我们手里了,那是打扫战场从尸体上搜到的。被他收养的鹦鹉呢?他的在日本等待着的妻呢?……老五团要开往山东去了,斩获怕不有更多的日记、更多的马吗?

　　近午的月亮是皎洁的,纯净的。

　　在马上,我却觉到日本军阀的掌握下是一片黑暗。

1940年11月改武安下站稿,杨家岭

战斗的丰饶的南泥湾

"自己动手,丰衣足食。"

响应着毛泽东同志这个伟大的号召,我们革命军队经过春天竞赛开荒和播种,把南泥湾荒野变成了良田;经过夏天突击锄草和战斗中辛苦的经营,让南泥湾长遍了蓊郁①的稼禾。现在是秋天,成熟和收获的季节,南泥湾,正满山遍野弥漫着一片丰饶的果实。

南泥湾有群山环绕。一眼望不断的山峦,恰像海洋里波涛起伏。有密林大树,吃不尽的野果,野杜梨、甜美多浆的野葡萄,一颗像一撮果子酱;还有山里红②、野林檎③……大树可以作梁作柱,作建筑木材。纯朴的农家,家家呈现着一种安乐气象:妇孺老人都吃得红红的面容,透露着饱暖健康的颜色;村边散放着牛羊,屋顶窑前堆满了鲜红的辣椒、金黄的苞谷④、硕大的南瓜。军队和人民像一家人似的亲切,遇到旅长,一大群

---

①蓊郁:茂盛。
②山里红:山楂。
③林檎:即花红。一种落叶小乔木的果实,像苹果而小,黄绿色带微红。
④苞谷:玉米。

人又笑又说地问："司令哪哒去？"这里是繁荣而又热闹的，像朱总司令说的，是"花花世界"。

据说一两百年前，南泥湾曾经繁盛过一个时期。山庙里残碑记载，说这里曾有过街市，后来由于兵荒马乱，这一带的居民才纷纷逃难，奔走他乡。在这里新开窑洞的时候，曾开到过旧窑，里边古老的碗钵家具还历历可辨，想是那时居民一听乱信，连收拾都来不及，就慌忙逃跑了，情景该是很惨的。自那以后，这里田园就交给了荒野，窑洞房屋任风雨侵蚀倒塌，日久年远，就遍地是蓬蒿，遍地是梢林乱树，成了豺狼虎豹的巢穴，成了土匪强盗出没的场所。

我们革命队伍，八路军，到这里屯田，是一个翻天覆地的革命事业。自己动手，从榛莽丛里开出道路。曾必须露宿野餐，就荒山坡上开窑洞、盖房屋；从烧石灰、烧砖瓦、伐树解板、安门窗梁柱，以至安插钉头木楔、置备桌椅家具，无一不是自己动手，终于有了安适的住处。住处安置未完，就开始垦荒种田，朱总司令说"生产与战斗结合"，这开荒正是一场剧烈的战斗：征服自然，而又改造自然。

开荒计划每人六亩，起初是首长号召，以身作则；

随后变成了群众突击、竞赛运动。两位团长的手上曾两次三次地磨起了泡。一连、九连出现了一天开荒五亩的劳动英雄。最后，纪录打破到这种程度：每人平均开到二十亩、三十亩！走到无论哪个单位听听，都是一些惊人的数字：二营一个连开两三千亩，"美洲部"两万亩；一个模范排长，一个人开了四十亩。保证每人每天是一亩八分到二亩。迷信的人会说："这怕有神灵帮助吧！"但我们革命者要告诉他：这是集体主义的威力，是革命的英雄主义！

现在的南泥湾，上下屯直到九龙泉，一连一二十里都是排列整齐的窑洞。窑里窑口用石灰粉得雪白。列在山脚下的房屋顶上泥了白垩，或盖了青瓦；一条山沟，成了宽阔绵长的街衢。山沟溪流的两岸，自然修齐的树行，伸展着清幽的林荫路。另一处有造纸厂，木工厂，铁工厂。造纸厂，用马兰和稻草造纸，足够战士学习及办公应用，还有多余的用来换书报读物；木工厂里造着精致坚固的桌椅、风车、纺锭①；铁工厂造铁锹、镢头等各种农具，也打锋利的梭镖，给群众以保卫边区的

---

①纺锭：纺纱机上的主要部件，用来把纤维捻成纱并把纱绕在筒管上成一定形状。

武装。又一处有闹市：三十户至六十户的商家，有合作社，也有私人营业。他们每天早晨把街道打扫得干干净净，熙来攘往的军人和农民，亲切地招呼着，呈现出一种蓬勃活泼的气象。——再转一条山谷，在一处突然开阔的盆地巍然耸立着一座楼房，那是一个休养所。建筑都照科学方法：壁炉、阳台、通气道，各种设备都是现代化的。这是屯垦的战士们自己动手为我们休养员们建造的。从设计、取材、烧砖瓦石灰，到垒墙架柱、铺地板、安门窗，完全出自战士的心裁①与劳力。这是革命战士爱护自己阶级战友的表现，是精神、行动团结一致的典型。

现在的南泥湾：水地种稻；川地种麻，种菜蔬，种烟叶；山地种谷子、糜（méi）子、洋芋、杂粮。还没开垦完的水草丰茂的地方，就是天然的牧场。稻田傍着清溪，一路蜿蜒迤逦（lǐ）②而去，恰像用黄绿两色锦线铺绣而成的地毯。沉甸甸的稻穗，已吐露了成熟的颗粒。论麻，只"美洲部"就种了四千亩，麻籽可

---

①心裁：心中的设计筹划。
②迤逦：曲折连绵。

收三百五十石至四百石，估计榨油两万斤，灯油足够全部自给。二营种的，每个战士可分五斤麻，足够打三四双草鞋。论菜蔬，长得茶碗般大的大宗洋芋不算在内，只南瓜、辣椒、茄子、西红柿，每班战士门口都红红绿绿的堆满了。其他秋白菜、萝卜、葱，细致些的如芹菜、芫（yán）荽（suī）①、茴香，还都长在地里。贺营长说："战士们一个班像一个小家庭，除了全团、全营大家的种植而外，他们还各有小单位的经营。利用整训闲暇，分工劳动，你种烟，我种辣椒、西红柿，他种西瓜、甜瓜。我们战士今年每个人吃了二十个西瓜呢……"×团里，战士吃西瓜没有这样多，每人只吃了十四个，但每人却又外加了一筐甜瓜。

谷子、糜子是部队主要的食粮，自然也是主要的生产。因此在南泥湾，只要抬头一望，满眼都是谷子、糜子，亩数是没有方法确切统计的。谷子长得好，大多是齐腰那样高，穗头大的一尺六寸，普遍在一尺左右。糜子稍差，因为正当应该锄草的时候，部队开到前方，以致失了农时。但估计收获，成绩还是可观的，某营

---

①芫荽：香菜。

四十二个劳动英雄，每人可收八石粮，在营部正修下了可盛一千八百石的米仓。今年部队粮食全部自给是绰绰有余的。目下，各部门准备秋收已鼓起了热潮，处处都预备齐了扁担、绳架、镰刀；修好了筐篓、地窖、仓库。（仓库怕招老鼠，都填了石灰，又铺了木板；粮食怕潮湿生霉，仓底下特别预备了火炕。）一个战士王子耕在他们班上的墙报里写着："秋收要注意两点：不要糟蹋一粒粮食，用突击的精神来完成……"从这里可以看出战士对秋收的热诚和信心。

农业生产外，有工业生产。捻羊毛线在普遍经常地进行着，每两捻四十丈到八十丈，每斤按成品的质量，分别给以四十、一百到二百元的奖金。每人缴了四斤羊毛的毛线，到今年阳历年底，就都可有一身黄呢子军衣。此外，绩麻①，编筐，打草鞋，用桦树皮制玲珑的饭盒、菜盒、墨盒，各有熟练的技巧。

除了农业生产和工业生产，还有畜牧。每个部队单位左近常常有成群的牛、羊、马匹。牛不穿鼻，马不系辔，就那样无拘无束地啃草、饮水，用尾巴打着蝇虻，

---

①绩麻：把麻纤维披开接续起来搓成线。

呼啸奔逐，怕不有些辽阔的草原味道？关于养猪，这里部队研究出了最好的科学方法，猪卧的地方要干燥（特别打了窑，铺了木板），散步的地方、大小便的地方、喂食的地方，都隔了木栅栏，分得清清楚楚；为防备狼和豹子，周围又打了土墙。因此，战士能保证：每人每月吃大秤四斤肉。现在军队首长又提出了号召：今年年底要做到战士一人一只羊，两人一口猪，十人一头牛。张团长说："我们一定要完成！"有谁惊讶地说："这不都成了'地主老财'了吗？"是的，这是建立革命家务。不剥削人，不敲诈人，用地利和自己的劳力，白手起家，大家动手，大家享受，真是再好也没有！我们每个战士，节约储蓄，加入军人合作社的，三十元一股，常常有人入到三十股四十股呢。过中秋节，每个人吃到半个西瓜、三个月饼。

其实，八路军在南泥湾，生产还是次要的，但已做到了全部自给。衣食行住，不要群众一粒米、一寸布，还反过来帮助群众，保护群众，成了古往今来世界上少有的军队。它主要的还是整训与教育。关于习武，营房附近，处处都是靶场、投掷手榴弹场，靶场里从早到晚都有步枪声、机枪声。普通战士打起靶来都是十环、八环，特等射手更是百发百中。投弹场里，也是从黎明就有人拿了手榴弹练起，连文书、炊事员都参加。掷得又远又准的"贺龙投弹手"，各单位天天都有发现。在文化教育方面：每个战士都学识字，学文化。战士差不多都能写日记，有很多能听讲记笔记。学习模范朱占国同志就在这里。随便拿一个战士郭文瑞的"练习写作"的本子来看，就可以发现这样简洁朴素、内容具体的文字：

卫生员高苏文同志，入伍前不识多少字，可是他对学习很虚心，特别是从开始生产以来。

上山劳动时，大家都休息，吸烟，他一个人坐在一边目不转睛地看书，手里还拿着一根小棍在地上画字。不认识的字就把它记在小本子上，回到家脸也顾不上洗，就向指导员问字。

劳动一天够疲劳了，夜晚他还在灯光下面写日记。从开始生产到现在，他的日记从没间断过。

他已经读完了很多青年读物，如《怎样把庄稼种好》《地球和宇宙》《小尾巴的故事》《临机应变》《水》等等。

他现在已识了二千字。日记写得通顺。

他的学习是在一天一天地进步着。

"当了三天八路军,什么都学会了。"副团长说。的确是这个样子。在一个班的墙报上有一张画,题字是"擦拭武器,打击敌人!"竟也画得极生动有力呢!在部队里文盲是肃清了的。

更真切地说:八路军生产、教育,解决供给,提高质量,更大的目的是为了战斗。那战斗是保卫国家、保卫人民的。在敌人后方,抗击敌军伪军,八路军是常胜军,是世界闻名的武装,日本强盗听了常打哆嗦。在这里,抗日民主根据地,为了保卫边区,保卫中国共产党的中央,它更表现了忠诚与英勇。

去南泥湾的道路是开阔的,汽车可径直上下,大车可畅行无阻。那是革命军队自己动手开辟的路,是走向崭新的幸福的社会的路。

1943年9月26日

文件

这是1941年5月,敌人还没在南北侯贯安钉子(据点)以前,发生在冀南四分区反"扫荡"中的一件事情。

一

青年连的指导员带彩了。枪弹打在左胸。鲜血透过紫花布小褂向下流,按上手去,便从指缝里流,无论如何也止不住。通讯员站在他旁边,想搀他起来,不想竟那样沉,怎么也搀不动。这个孩子还年轻,经历少,被这事吓呆了,急得直跺脚,汗珠像雨点一样滴落。

"指导员,你忍着点儿,我背你回去,你需要上药呢!"

"不要!"指导员说话虽没有气力,但人是清醒的,"你不要害怕,啊。"他伸手向左边口袋里掏出一卷纸来,声音轻微地,但清晰地继续说:

"你赶快回去,告诉连长说快一点儿转移!敌人就要上来了。"

"我不，指导员，还是我背你一道走。"

"不要管我，战斗要紧！"指导员的语气是恳切坚定的。

"要不，我和你一道在这里……"

指导员仿佛没听见通讯员的话，把手里的那卷纸递给他："这是连上的伙食账。司务长给我看，我没来得及还他，回去亲自交给他，说我看过了，叫他好好地工作。他是很辛苦的……"他稍稍喘一口气，又补充一句说："这关系全连的生活、全连的战斗情绪哩！"

通讯员的眼泪扑簌簌地就落下来了。

"为什么不走？"

通讯员像僵了，在迟疑着："我不能走！指导员。"

"怎么？你没听见敌人的枪声越来越近了吗？你能一连打死三个鬼子，我知道你好；但是他们是八百人啊！还有马队。你一个怎么打得赢？……我又——"指导员的声音变微弱了。

沉默——拂晓的旷野里吹着熟麦的微风。

指导员闭了闭眼睛，仿佛疲倦了，想休息一下；但忽而又振奋地抬起头来。看见通讯员还呆呆地踌躇地站在那里：

"你怎么还不走？"

"我——"通讯员泣不成声了。

"你不知道我没有力气吗？"指导员似乎生了气，"想想，我一个人要紧，还是全连的性命要紧，还是革命的事业要紧？……"

通讯员答应着："嗯——可是？"

"可是什么？回去！这是我的命令！这是你的任务！"

这几句话止住了通讯员的眼泪，他要说话，又用力地咽下去了。——"敬礼！"那么一个严肃的姿势，充满了一种坚强的克制的力。

"指导员的枪呢？"临走通讯员这样问。

指导员的回答是简单的："我的枪留着，我要把最后一颗子弹送给敌人，不能就留给自己。"

通讯员毅然地走了。"多么好的同志啊！"指导员望着他匆匆远去的背影，自言自语地说。

二

指导员躺在道沟里。他脑海里掠过了这样一个意念：

"战斗，战斗，生活是多美呀！我多么想活！"

但是敌人的枪声和马蹄声却愈逼愈近了。

指导员突然举起他一直紧握在右手里的盒子枪来，想朝着敌人的方向，实际是朝了自己的太阳穴，扳了一下枪机。枪没响。这时他记起子弹早已打光了，他惊悸了一下，于是立刻把枪递到左手里，便用右手拼命挖掘泥土。手一用力，伤口便涓涓流血，很吃力、很痛苦的样子。但是他紧闭着的渴得要冒烟的嘴，和紧紧锁着结的眉头，却显现出一种坚强的意志。

他把枪放在挖好的土凹里，略一沉思，仿佛想想还有没安置妥帖的事情没有。一霎，像猛然记起，便又用颤抖的左手从右边口袋里摸索出另一叠纸来，也急遽（jù）①地按在放了枪的土凹里。然后困难地掩盖上些土，像了结了最后一件心事，两手一松，身子沉重地压在了土上。微弱地喘息了一会儿，他昏了过去。不过一刹那他又清醒了，他用手指撕开衣服，更痉（jìng）挛（luán）②地用手指撕了撕伤口。伤口一撕，血便横

---

①急遽：急速。
②痉挛：肌肉紧张，不自主地收缩。

溢出来。血沾湿了泥土，湿透了他身子底下的土凹，成了一片殷红。

最后一息，"来吧！我是胜利的……"像口里的嗫嚅，像意念的闪烁，像神经的一个轻微的颤动。似乎有声，似乎无声地在空中荡漾着，愈荡愈缥缈，愈远。

而他纸白的脸上浮着的是胜利的微笑。

三

通讯员回到连部，连部恰好还有足够的时间转移。知道指导员挂彩了，连长一面准备战斗，一面立刻派了一个班叫通讯员带着去救护指导员。临走，连长再三叮咛："无论如何，要和指导员一块儿回来。"

出发的人出发，太阳刚刚露头。太阳一竿子高的时候，北侯贯的一个老农民孙老汉颤颤巍巍地赶来了。打听出连长的住处，一进门就喊：

"我要亲自见连长……"声调里透露着呜咽。

"老爹爹！"连长听见声音就赶忙从屋里出来，他感到有一种不幸的预兆，"有什么事要你老人家自己跑？这样人慌马乱的！"

"给！"孙老汉递给连长一个用手巾包扎得严严的小包，"人慌马乱？老命不要，我也是要来的。"——连部过去住过孙老汉的家，他是把青年队的小伙子当作子弟看待的，是队伍的一位慈祥的老爸爸。

解开手巾，连长愣住了，脸色有好一阵苍白。半天才握住孙老汉的手说："老爹爹，这是怎么的？"

"清早，看看鬼子过去了，我背着粪筐想跑回家去看看，不想碰见有人躺在我地边的道沟里。浑身是血。我当是谁，走近一看是指导员。我骂我的老花风泪眼，一定是看错了；可是待我擦干了泪，分明看见指导员要和我说话的样子，唉，还是那么和善！……"孙老汉的叙述，因为哭泣有一霎中断了。"我向村里走，可是我这两条老没出息的腿，老是发抖发软。我喊六月他爹，我的喉咙又偏偏不听使唤！……好歹，来了人，把指导员抬起来。这不是，看见土凹里埋的这枪、这纸。纸都叫血浸透了……"

他哽咽地说不下去，最后才又挣扎着问道："连长，这可怎么好？"

文件，连长已经打开了，那是5月反敌人抢麦"扫荡"的作战命令。还有一纸支部的决议。他很感动，说不出怎样安慰孙老汉的话。但是，终究是战争里久经锻炼的，他还是抑制了情感，说：

"老爹爹，住你的，吃你的，伤了还要你来照管！"

"哪里话，都为了打鬼子。"

"指导员呢？"

"我已吩咐家里装殓（liàn）①了。郭五的寿棺，我的寿衣。村里人都来帮忙呢。就埋在我祖坟的旁边。不要操心！只要把这个（指枪和文件）收下，还是领咱老百姓齐心打鬼子！"

"是，老爹爹，我要替指导员报仇！保护咱们乡亲！"

四

激昂，悲愤，肃穆，交织着南北侯贯军民的一片战斗的赤心。那一年这一带麦收是丰饶的，麦田里留下的是敌人一次次抢麦的惨败和反"扫荡"中敌人大批的死亡。

1944年5月

---

①装殓：给死者穿好衣裳，放到棺材里。

"调皮司令部"

这是武城战斗的一个尾巴。

打武城,是一个胜利的战斗。二百多俘虏不说,光搬运胜利品——四百五十包棉花(每包二百四十斤),三百二十支枪,十几大车弹药……就到鸡叫还没搬运完呢。黑咕隆咚的夜里,走三四里路,10月2日已是初冬了,还要过一道卫河(运河)才能到根据地,就算有千百成群的老百姓帮忙吧,也还是够忙活的。

东西没搬完,部队却已不能不撤了,敌人驻德州的水陆警备队正开了汽艇经郑家口赶来增援。他们是一百五十个人,有两门小炮、两挺重机枪、八挺轻机枪。而交织在清河、夏津一带又都是敌人的公路网啊。

我们大部队撤回,留下一排人作掩护。这一排人,由两个班守住渡口,好搬运东西。另一个班,由刘副排长带去两个战士围城边侦察,就便再看看这被敌人统治了四年、刚刚解放的城里的情况。余下七个,由副班长带着,离渡口三里五里,在河边通城里的要道警戒,任务是于必要时打麻雀战①，拖住敌人。

　　副班长叫李二黑，才十六岁，是班里最小的。但最大的也不过十八岁。都是些聪明的又非常调皮的孩子。里边有一个绰号"调皮司令"，叫小黑李子。平常有点儿懒，不太爱学习，但学啥都快，记一笔好日记；不太愿意放哨，但放起哨来却又最严：严重关头，无论谁，哪怕是指挥员也得问清楚才能放过。又有一个绰号叫"调皮参谋长"，不很讲卫生，生活上有些邋里邋遢，爱开玩笑，拉胡琴，也最爱说俏皮话。有时指导员批评他，他不服气，用小拇指上下比量着："哼！你这样大点儿小干部还批评我！"——因为他们都是穷孩子出身，军龄都在三年以上，可以说都是在部队里长大的，又有几个当过勤务员、通讯员，见的人多，经的事广，只要大事抓紧，小的地方他们是天不怕地不怕的。一个小班长带了这样几个调皮鬼，领导是不大容易的。再加上班长也不那么老练，领导方式上多少有些毛病，表面看起来他们就多少有点儿像不团结的样子了。经常在宿营的地方，一进他们屋子，告状的就特别多："他调

---

①麻雀战：一种作战方法。战士们的行动好像麻雀啄食，忽聚忽散，忽来忽去，隐蔽而多变；抓准时机突然袭击，使敌人来不及应变。

皮！""他才调皮呢！"指手画脚，嘻嘻哈哈，嚷成一团。——这种战斗场合，本来是不敢给他们以单独任务的；不过这次身边没人，而他们一向在正经事上不含糊的作风和对敌斗争中的勇敢与机警，确保他们不会误事、出漏子，才使副排长下了分派他们的决心。

王小马，这班里另一个十七岁的战士，就是榜样。平常看来吊儿郎当，张长李短说话不能再多，生活细节也满不在乎。但一听打仗，第一个跑到头里的就是他。哪次征求奋勇队，他总是首先报名。别人遇事批评他，他总说："别吹牛皮，打仗的时候咱们见！"事实上也的确是这个样子。1941年一年，他自己得了敌人九支三八式步枪。只百团大战，破击德石路，在东西高村战斗，我们夺获敌人八八式野炮（九匹骡子拉着的）那次，他一个人就缴了敌人两支三八式。他惯常一瞅见有利的机会，就机动地行动起来了。打冀县的一次，他就是在敌人混乱当中转眼不见了的。那么一个结结实实的矮胖个子，在敌人的空隙里钻来钻去。队伍集合快走了，排长为他着急到快要生气的时候，他却背着三支步枪满头大汗地赶上来了。为他单独行动批评他吧，看他笑嘻嘻胜利的样子，仿佛那种行动又正是值得表扬的。

排长笑笑，大家也都给以欢迎和鼓励。

　　这个×连六班（他们的真正番号①）、"调皮司令部"（在开玩笑的时候，大家这样称呼他们）、模范班（后来因学习战斗的出色而荣获的徽号），由十六岁的李二黑带着，接受了警戒任务，出发了。他们真高兴，像初当家的儿女似的，一本正经起来了。嬉笑扯皮的心被严肃的工作挤得无影无踪。踏实的步伐，振奋的表情，偶尔在暗处一闪的眼光里透露的坚定的意志，都表现了他们互相信赖、互相团结。"看吧！我们要完成一件光荣的任务哩……"仿佛都说了这么一句同样的话，便在黎明前朦胧的烟雾里消逝了。

　　他们是出发了。在渡口负责指挥的团长却并不放心，他一边督促着加速搬运物资，一边不时地向武城和他们出发的方向远远谛听②眺望。像送考的教师："他们会及格吗？"在心里不断地这样问着，又肯定地自己回答着。

　　天快明了，东方已渐渐发白，胜利品还有四十包棉

---

①番号：按照兵种、任务和编制序列授予部队的名号。
②谛听：仔细地听。

花没有过河呢。这时远处传来了一排炸弹声，不久以后又有一阵密集的机枪声。团长不由得一惊："糟糕！一定是六班和敌人接火了。"有些担心："他们不会硬冲吧？"但想到出发时给他们的任务分明是"打麻雀战"，也就没打算派人增援（跟前也实在没人可派）。就一边信赖着那班调皮孩子的机智和勇敢，一边布置拆毁那九十只木船所搭成的浮桥。

一只木船刚拆除抬向对岸，从武城那面，刘副排长回来了。背了一个战士，那是被漏网的敌人放冷枪打伤的。另一个战士打着掩护还落后几步。会合了就好，受伤又是打在腿上，并不太重，大家算了却了一桩心事。另一心事就专牵挂在李二黑那七个人的身上。

"你看是他们来了吗？"几百米开外已隐约看得见人物的活动了，团长凝神地望了一会儿，把望远镜递给了副排长。

"怎么只五个？敢又是挂彩啦？"副排长像母鸡辨认鸡雏那样，老远就看出是他们，不过背着的、抬着的，却使他心里浮上一层"不幸"的暗云。

原来，正当那个十六岁的班长和六个年轻的战士，一齐警惕地向北走着，走不到三里地，忽然遇到那一百五十个日军上陆了。由于黎明前的天色,由于仓皇与疏忽,日军并没发现他们;倒是他们先从踢踢拖拖的脚步声,再从朦朦胧胧蠕动的人影,发现日军正顺着他们这个方向前进。可是等辨认清楚,敌人离他们已只五十米左右。这时小班长可难住了:打吗?那是送死。不打吗?难道等死?"咋办呢?"他机警地下一个决心,小声但坚定地命令六个战士说:"卧下,不要暴露目标。"

这里是静静地卧下了,连气也不敢喘,那边敌人依然踢拖踢拖地继续前进。"老子算给你泡上了!"小班长有些焦急。但三年的战斗经验稳住了他,他并不慌张。他想的是怎样拼,或者是怎样牺牲。

敌人进到离六班十多米的地方,有计划地,又像忽然地停住了。"叫他发现啦?"战士们一个意念闪过,都自动地把手榴弹揭去了保险盖,勾住了拉线。日军停下,把重机枪都架起来,又仿佛没发现,而是在休息;不,在附近叫带来的夫役挖工事呢。"哼,倒计划得长远!"小班长脑子里这样一转,紧接着就使尽气力地喊了一声:"冲啊!"

一排手榴弹朝敌人坐得最密的地方扔过去了。

倒下就不再起来的是十四个敌人。少腿缺胳膊受伤的也五六个。

"连长！前进啊！"小班长站起来大声喊着，"从右边包围啊！……"像真有那么一大队人马在后边预备着一样。

敌人措手不及，一听可慌了，重机枪也不要了，两箱子弹也丢了，都拼命地叉开两条短腿向回跑。这里七八个人，班长和两个战士就趁空夺得了那挺重机枪。"调皮参谋长"和另一个战士一人抢了一箱子弹。王小马两人掩护着，就往南作胜利的撤退。等敌人跑到百十米停下来用轻机枪反转扫射的时候，这里相去已有相当距离了。

"我们还是把机枪子弹埋起来……"班长不管背后乱飞的枪弹，心里估计着，浮桥撤了，10月里一人多深的水是不容易过的。急切不能会合队伍，只好执行上级的指示，留下打游击。一边加快脚步，一边就和他的六个战士商议。

"调皮参谋长"又提出他的主意了："我们要和重机枪共存亡！拼命我们也得把它抬回去。好容易——"

"对，说咋办就咋办。"本来就是征求别人意见的，班长听了也同意了。

敌人的轻机枪打得虽密，但有武城战斗的余畏，加上情况不明，并没敢深追。

"调皮司令部"且打且走，是全部回来了。回来的情形，正像副排长在望远镜里看到的：前边五个，背着的，是两箱子弹；抬着的，是一挺崭新的剔亮的三八式重机枪。后边，在还不太亮的晨光里，不容易一眼望到的远处，还有两个，那是按战斗规矩留下的掩护部队。王小马是里边的一个，带一副长坂坡上赵子龙的神气。

他们和部队会合了，团长和副排长欢喜地迎接了他们，未拆完的浮桥伴了船下汩汩流水等待着他们。

1944年6月

打娄子

突击队员都装扮好了。挑水的担起了水桶，劈柴的腰里别好了斧头，扫院子的把扫帚拖拉在地上。虽然都穿了老百姓的衣裳，但是那么一些十八九岁的小伙子，终究嫌年轻了，不太像。有的为了变老成一点儿，蓝布扎腰（腰带）里又插上一根旱烟袋，还拴着火镰①。

他们十八个，要去拔敌人的据点呢。××团二百多报名的奋勇队员选拔出来的英勇战士，要以牺牲的精神来完成任务。为了慎重和机密，他们都宣了誓，在誓词上签了名。

敌人是很诡诈的，常从一些细微的地方找岔子。说脚掌厚的是八路军，因为八路军跑路跑得多；说鞋底绿的是八路军，因为八路军曾有那么一季用裁衣服剩的绿布垫过鞋底。所以突击队员打扮成老百姓的模样还不够，还要学当地的口音、庄稼人走路的姿态。连说话动作和表情都要学。——敌人是相当狠毒、冥顽的，要打

---

①火镰：取火的用具。用钢制成，形状像镰刀，打在火石上，发出火星，点着火绒。

他就不要叫他有还手的机会。所以突击队员要练刺杀，练射击。

据点里的敌人是一个小队。有小队长，还有一个日本伙夫。他们分住在一座田字形的营房的四个小院子里。正中间有一个炮楼。守住了炮楼，一架机枪就能把四周完全控制。营房只有一个栅栏门，非过门不能进院子，更谈不到上炮楼。要打是不容易的。敌人住的情形是这样：若营门朝西的话，东北院住一、二两分队，十八个人；东南院住三分队，九个人；西南院是四分队，八个人，外加小队长；西北院是厨房，伙夫住在那里，还储存着粮食、弹药和一些杂七杂八的东西。敌人的住室铺位，都调查好了，各分队住的都是三间平房。两头都隔成了套间。右首一间住五个，左首四个。当中一间冲门，放方桌。方桌两边的套墙上挂着各个敌人用的枪支武器。

战斗要开始了，突击队员也照敌人的办法分成四个分队。一队四人。第一分队对付敌人的第一分队，第二分队对付敌人的第二分队……队长对付小队长，另外专派一个战士对付那个日本伙夫。进院后谁进哪屋，进屋后谁进哪房，谁先进，谁后进，谁负责结果靠里的或靠外的两个或三个敌人,都布置得停停当当。到黎明,趁敌人都头朝外一个挨一个在各自的床位上睡熟了的时候,十八个突击队员便都腰里掖了短枪、手榴弹和一把短刀,由向导带领着就出发了。

向导开门并没费事,但战士们却太紧张了,突然一声信号,竟意外地吓他们一跳。久经锻炼的那些铁人,到时候都从来没有过地乱成那个样子:挑水的扁担别不进门了;水桶嘭的一声碰在门框上,水跟着泼了满地;进院的次序也乱了;远距离射击打得那么准确的神枪手,照着就在手底下的敌人却连瞄也瞄不准了。真糟!

战斗不到三分钟,指挥员赶快下令停止,说:"打得不好。"突击队员们也都灰不溜的,在心里想着:"为什么那样慌张呢?都真的像老百姓一样,沉住气不就结了吗?"也有的互相埋怨:"你不该进我那个院子。""你怎么还没结果那个伙夫,就抢着去搬厨房里的东西?"……最后指挥员微笑地指出:"幸亏这是演习,我们的谷草敌人没起来抵抗,不然我们会有很大杀伤的。"突击队员忽然想到(刚才他们都忘了)是演习,大家都笑起来了。有的大腿一拍:"我说呢,真拼倒还利落!"指挥员紧接了说:"真拼的机会是多的。

说不定一两天我们就进行一次和这完全一样的战斗,大家要更警惕,更加油……"

是的,指挥员的话没错。演习不久,果真就有那么一次战斗,那就是打娄子。

娄子是一个揳(xiē)①在我们冀南根据地××分区中间的敌人的老据点。是1941年5月,我们粉碎敌人加给冀南的囚笼,破击敌人从衡水到郑家口修筑的"万里长城",最后未被摧毁的两个顽固据点之一——另一个是东去十二里地的大营。娄子拔掉,作为敌人向南侵入我根据地的基石的大营,也就孤立无援,存不住了。因此,我们要打娄子。

娄子的敌人,力量可不弱啊!光那一小队日军的像样武器,就有一门炮、一挺重机枪、一挺轻机枪、两个掷弹筒。更何况在同一个据点里,还住着一中队新换防的伪警备队呢!更何况大营还有敌人的大队部呢!

娄子是两千多户人家的大镇。先就有土圩(wéi)子②。敌人扎据点以后,拆毁了老百姓的砖墙、石台阶,甚至茅房里的臭石头,再鞭打着老百姓在里边修了

---

①揳:把钉子等捶打到物体里面,这里是比喻义。
②圩子:围子。围绕村庄的障碍物,用土石筑成,或用密植的荆棘做成。

一圈里圩子。他们赶走里圩子里的老百姓，修一座像前面说的那样的营房。靠北紧接着安一个维持会。再靠北设一处警察所，养那么一群伪警备队。东南角上和兵营斜对角相隔三十米又有一座砖石高墙，几十间房舍的大院落，是准备给另一批伪军住的，那时还空着。

外圩子有壕沟，有哨，由伪自卫团轮流站岗。里圩子不但有壕沟，还有吊桥、铁蒺藜①。敌人又彻夜不睡，全体在炮楼上警戒守卫。但是敌人戒备得再严密，也只能看住两层圩墙，却看不住老百姓的心。"西街的八路军大大的有……"群众抗日情绪高，敌人仿佛都不能不承认。更加"万里长城"的破击以后，敌人公路线的交通不断遭受破坏，信息经常是隔断的。枣强经大营通娄子的通信联络，曾必须用专人递送，而送信人呢？出来一个被我们捉一个，出来一双被我们捉一双；他们的底细在我们像五个指头那样清楚。

再来，我们用"奉承"给敌人服一料麻醉剂：送礼，"报平安"，对资敌②、出夫③积极些，敌人就弄得

---

①铁蒺藜：一种铁制军用障碍物，有尖刺，像蒺藜。布在要道上或浅水中，阻碍敌方的行动。
②资敌：资助敌人。
③出夫：出劳工；出劳力。

得意忘形了。起初嘛，看人的脸色不对，还有些大惊小怪。记得有一次，我们派人到据点送鸡，带去的是几只大红公鸡，一个日本兵说："大大不好的，花姑娘鸡好的有！嗯？"我们的人以为是说自己，一慌张，脸色一红，敌人上去就是两个耳光。"坏了坏了的！"一阵恶骂。但是久了，我们习以为常，敌人也习以为常了。

我们知道：敌人警戒一夜，到快出太阳的时候，就从炮楼上下来睡觉去了。除了一个哨兵和那个日本伙夫，都睡得像死猪，不等吃饭是不会起来的。那个伙夫给敌人做饭，并等着给每天村里派去的十八个（一定要十八个）夫子开门，叫他们挑水、劈柴、扫院子。敌人讲卫生，每天醒来要洗冷水澡呢。——也知道领头叫门的是维持会长。这个规律把握定了，我们的突击队员曾有三分之二轮流着去当过夫子，每个人像演习时那样的，战斗岗位都摸得透熟……

我们要开始了。时间是6月22日，早晨，太阳刚露头的时候。

21日晚上，是一个漆黑的夜，又漫天黄风，行军袭击不能再好了。战士们穿一身便装衣裤，打扮得头紧脚紧，鼓荡着高昂的战斗情绪，乘着背后催人前进的风势，从娄子以南二十里地的村庄出发，仿佛没走就到了。是两个营，一营监视大营，准备伏击敌人的援兵；一营就摸向娄子，埋伏在娄子街里。娄子狗多，我们事先就确定谁家住人，谁家就把狗嘴绑起来，使它吠不出声音。更为了进村捷便，枪背着怕响，我们就抱着；穿鞋笨拙，就索性全把鞋脱了，光着脚。过第一道圩子很顺利，两个人悄悄地把伪自卫团的哨兵抱住，他们起初有些惊慌。等我们委婉地告诉他们，我们是八路军，来打鬼子的，他们立刻高兴起来，争着："我来带路！"我们说："不必，你们还是照常放哨，免得出岔子，叫鬼子猜疑。""那么我们给咱军队放哨好了。"这样，我们没遇阻拦便进到了街里。

在街里，我们就毫无闪失地安置下那十八个化装好的突击队员（专等打鬼子），余下的预备队（包围伪军，并于必要时增援）安全地摸进第二道圩子。一个个轻捷得像影子一样，人不知鬼不觉地就跳进了那座空着的砖石院落（团长、政治主任都在那里）。好家伙，真紧张，也真危险！那座院落离敌人营房只三十米，敌人夜里又都是在炮楼上的；那样近，看得见敌人划火柴吸烟，也听得见唔噜唔噜的说话。

若是敌人随便拨弄一下机关枪，或扔他一颗手榴弹，事情就糟糕。因此，战士们不但不敢说话，也不敢咳嗽。不管嗓子多么痒，你得用手巾掩住嘴，趴在地上鼓劲儿熬过去，粗气不敢喘，心跳也仿佛要有分寸似的。这样熬过了鸡叫，熬过了黎明，像过了半个年一样，终久才盼到天亮。鬼子果真一个个打着呵欠从炮楼跑下去睡了。我们松一口气：瓮中捉鳖，该轮到看鬼子的好看了。我们把耳朵贴在门缝上，贴在窗棂上，细听着敌人营房里的动静，并随时准备增援，出击伪军。

一会儿，维持会长带着夫子，那十八个化装老百姓的队员出来了。两个院落门和门虽离着八十米远，埋伏在闲院里的屏住气去听，敌营的动静满可听得相当清楚。他们听着，维持会长叫门了，模仿着鬼子的语调：

"苦力的干活，挑水劈柴大大的有。"

停一会儿。"好的。"是一种不耐烦的懒散的声音。那是日本伙夫。接着咯吱一声，夫子们进门了。各照各的营生，各走各的院落。但是，猛抬头没想到院子里竟还有两个鬼子：一个在刷牙，一个在穿衣服。不知是故意迟睡呢？还是早起来换岗？那个刷牙的看见我们的人，仿佛觉得不像往常的老百姓，就警觉地一愣，问道：

"哪里来的？"

我们队伍知道自己口音不对，也有的不镇定，便不答话，故意装作不懂和他支吾，敌人急了，刚要声响，被我们一个战士掏枪打死了。原来规定最后挑水进门的是队长刘文同志，他要故意把水桶往门框上轻轻一碰，告诉大家全体都已进门，然后以枪声为号，一齐动手。没想枪声提早了一步，刘文同志正进门，把水桶一扔，大家一拥而入，各奔各的岗位，各找各的目标。堵门的，塞窗的，一枪一个，或两枪一个，杀伤敌人像射击草靶。有的鬼子还做着噩梦躺在床上，就再也起不来了；有的糊里糊涂蓦地一下坐起来，叫我们一枪就又睡下了；还有的吓得蒙着被滚下了床，我们就把他连被带人都撂在地上。战士们动作迅速，这一个一分钟就完成了任务，那一个时间长一点儿，一分半钟。自己的事完了，就自动帮别人；别人的事也完了，就伸手去摘取墙上挂的枪支武器。每人脑子里只有两个字的意念：胜利。

隔院的预备队伍，听见一声信号枪，接着"扑哧——""扑哧——"，都不像打枪的声音，原来命中的枪是不怎样响亮的，等他们听得那样的不大响的枪声，断断续续又仿佛同时呼噜了一阵以后，断定确已开火的时候，便冲出砖石院落，绕过八十米长的院墙，跑向日军的营房去。但没想到战斗进行得那样快。不到五分钟，一挺日军的重机枪已被突击队抬出大门了。

预备队没来得及冲到栅栏门里，忽然院子里边一阵喧嚷：

"不好！毒气……"

一霎，头疼的，流泪的，打喷嚏的，奋勇队暂时有一阵混乱。

原来刘文同志是近视眼，开枪迟了半分钟，没等枪响鬼子小队长已从铺上坐起来，子弹打在腿上。他装死，刘文同志没发觉，倒转眼给了他空隙放了一阵毒气。刘文同志中了毒，很多战士也都受了毒气的影响。趁毒气造成的混乱的一刹那，那个狡猾的小队长像乌贼一样，喷完了黑水，就凭着防毒面具，冒着毒气，拖着那条受伤的腿一冲冲上了炮楼。

从第一枪打响到五分钟左右，正面战斗已经结束了。跑上炮楼的日军队长，像一只狼，一钻到窠里就再无动静了。他不敢下来，就让他舔着血等死吧。我们派好了警戒，还有一个敌人的哨兵没死呢！就抓紧时间搬运我们的胜利品,老百姓"哇!"的一声都拥进来了,挑担子的,拿绳的,里圩子都挤满了。他们帮忙呢。三十五具敌人的死尸,丢下的钢盔、大衣、军毯,差不多都是全套。皮鞋不少,正好为赤脚进圩子的奋勇队每人分得一双。望远镜、水笔、照相机、饼干、牛肉干、罐头和几大车粮食,老百姓都愤恨里带着兴奋说:"抢了我们的粮食原来都放在这里呀!"有的看看倒了的水桶:"吓,再不洗澡了吧?"他们想起了给日军白黑支应不完的差使,和一不小心就劈头盖下来的辱骂、鞭打或枪杀。但战士们注意的还不是这些,他们更关心的是武器。他们熟悉这据点里的装备,像熟悉自己弹袋里的子弹:一门炮,一挺九二式重机枪,一挺轻机枪,两个掷弹筒,三十二支步枪,炮弹掷弹筒弹二十箱,子弹一万多发,都像点收一样,对照一下大致没有遗漏。剩下炮楼一座,就倒上两桶煤油烧了它。要摧毁就摧毁它个彻底!

这边忙着打扫战场、搬运资材,村里老百姓也忙着坚壁①撤退。敌人的报复心是很厉害的,在哪里吃了亏

---

①坚壁:本指使城墙、堡垒坚固,后指把物资藏起来,避免落入敌手。

便在哪里烧杀呢。老百姓坚壁衣物，埋藏粮食，运走门窗锅碗一些家常用具，和敌人掠夺剩下的几头瘦骨嶙峋的耕牛。连水井也填了起来，"我们住不成，你们也别想来住！"

这里几乎忘记了那一中队的伪警备队。

自从"万里长城"大破击，伪军吓破了胆子，我们明知在打鬼子的时候他们不敢动，也就不太把他们放在眼里了。那五分钟战斗进行的当中，没人去睬他们。他们看我们像神兵天降，不声不响就解决了一队"皇军"，而在"皇军"营房里出入，像出入自己的家宅那样熟悉轻易，也不觉看傻了眼，心里有些忐忑不安："等着总没错吧？"当我们预备队分身包围他们的时候，他们一个队长已等得沉不住气，没放一枪，就缴械投诚了。又一部分，大概是想着："会对我们怎么处置呢？"都丢枪抱头作鸟兽散去。丢掉那么三四十个俘虏，检讨起来不能不说是我们的疏忽。无怪在二里地外等捷报的陈司令员听了报告以后，一连说："可惜，可惜！"照他的计划，应是百分之百的胜利。

我们上午十点钟全部退出战斗。敌人倒"客气"，仿佛故意把时间错开,大营的援兵开到,已经下午两点了。那天黄风刮了一整天,十丈远看不见人影,十里外听不清枪声,他们起身先就起迟了。走到东门外三四里地的地方,又被我们埋伏在那一带苇坑里边的队伍用密集的排枪留下了他们几条人命、几匹马、几支枪。无怪,你看他们两辆汽车、几十匹马,那种慌里慌张的样子,到村里还兀自心神不定。实在,他们来了又能做什么呢?娄子是空的。炮楼发着烤肉的臭味在冒烟。连死得最晚的那一名小队长,也已在烟火熏炙中畏罪自杀了。

  大营敌据点的翅膀是这样被我们折断了。我们相反,却添了一只得力的膀臂。娄子撤退的群众,妇孺老弱一家家安置到了较好的村庄,解决食、住、生产;青年壮年就自动组织了一百多人的娄子大队。凭缴获,他们的装备满像样。那位引路叫门的"维持会长"就是大队长。

1944年9月22日

黑红点

"善有善报,恶有恶报。"这两句话有道理。但神是没有的,掌握善恶报的不是冥冥中什么神,而是活生生的人。这人是要多数的,群众,大家。大家说好的,是好人,因而有群众拥护的领袖。大家说坏的,是坏人,譬如说:"这家伙还不死啊!"那他就该离死不远了。古时候对专制独裁的暴君,有"时日曷(hé)丧,予及汝皆亡①";对常人,有成语叫"千人所指,无病而死②"。

黑红点就是冀南敌占区的老百姓和八路军、抗日政府,对汉奸、伪军、帮敌人当狗腿做坏事的家伙的善恶记录。老百姓有那些坏人的名册。哪个做一件好事,就在他名字下边点一个红点;哪个做一件坏事,就在他名字下边点一个黑点。抗战胜利后算总账(1942年这样

---

①时日曷丧,予及汝皆亡:语出《尚书》。夏朝国君桀将自己比作不灭的太阳。百姓受他的剥削,十分憎恶他,说:"这太阳什么时候消失啊?我愿意和你一块儿死去!"
②千人所指,无病而死:大意是一个人被一千个人指摘,即便本身没有病,也会因受不了而死去。

提）。那时看红点多的，可以将功折罪，他还有活着做一个幸福的中国人的机会。若是黑点多，不必等抗战胜利，到一定点数，就要打死他。该打死一定打，他"皇军"老子也保不了险。（"皇军"自己谁保险呢？）因此，那名册老百姓也叫它生死簿。

本来，只要是中国人，还有良心、人心，好坏事总该是分得清的。即便不讲大道理，难道就不能问问自己？做汉奸当伪军的，自己吃要吃得饱，穿要穿得暖，可是把乡里邻居的粮食、衣服抢了，看着他们挨饿受冻。自己房子要住得讲究，住得舒服，可是把叔叔伯伯们仅有的几间草屋烧掉、捣毁，逼他们到旷野里任雨打风吹！最可恨，自己是娘养的，早晚也会娶妻生女，但是却奸淫人家的母亲、妻子、闺女！丢掉祖宗的坟茔（yíng）、邻舍的孤寡老弱，任野兽一样的强盗去践踏杀戮，自己却反转去孝敬那些强盗，帮助那些强盗，啜（chuò）①食一点儿人家分赃剩下的残羹唾余！世间还有比这再下流再无耻的事吗？你心上长满了油、昧了良心的汉奸啊，要在睡不着觉的时候好好想想，不为自

---

①啜：喝。

己也该为子孙留条后路!

你看,北仓庄那个六十多岁的王老汉,听了黑红点的故事,到敌人的据点那里去骂他当伪军的儿子去了。那个老头子一生好强,惯常是教训别人的,自从儿子当了伪军,却再也抬不起头来了。天天大门不出,出门也不敢高声言语。羞耻和忧闷绞着心,不到半年头发和胡须全白了。那天夜里,他悄悄地跑到炮楼底下,叫着他儿子的小名:"你这个混账东西,不孝的杀才,给我滚回家去!你当汉奸叫我没法儿见人。'有千年的乡里,没有百年的亲戚。'你再这样坏下去,叫我们祖祖辈辈怎么做人?你若不回去,我就在炮楼底下碰死!……"

顽固的伪军,他们的家属在乡里是没有地位的,大家瞧不起,平日没人招惹,大年初一也没人拜年。转变了的伪军却不同,他们的家属享受着像一般公民一样的待遇。年下节下有困难也设法解决,地荒了有人互助耕锄。小卫圈一个伪军的婆姨,年三十晚上自动跑到据点里向当伪军的丈夫劝说:"人家八路军可好哩,自己吃小米,吃野菜,对抗属却送肉送面。那才真是恩人哩!这汉奸咱可别干啦!咱反回来当八路吧。"

这是天良没有丧尽、不甘心当汉奸的人们的例子。

正因为伪军伪官，并不都是死心塌地的汉奸，有的只是贪图小利或一时糊涂，陷入了泥坑，我们老百姓、八路军才不惜用各种方法把黑红点的道理向他们宣传，挽救他们。我们在夜里敌人不敢出来的时候，去据点碉堡跟前喊话："今晚上我们来给你们上课啦，……"起初他们听了很恐慌，向我们放枪。但放枪我们还是喊："××，你听着……"我们指了名喊。"我们的名字他们都知道啊！"因为好奇，他们也不得不武装着听讲。其实，对这些家伙，我们不但知道他们的名字，而且知道他们家住在哪里，父亲是谁，家有几口人；甚至他们当伪军是谁的保人，使什么枪，有几粒子弹，我们都调查得清清楚楚。我们说："××你太坏了！那一天你打了×，那一天你骂了×，那一天你到××抢了×××家里几匹布、几百斤粮食、几只鸡！……"碉堡里就往往沉静下来，有时听得到一两声唏嘘，因为说得太对了。这时我们就趁势告诉他们："不要打骂老百姓，不要枪杀老百姓，不要糟蹋人家的妇女！你们做的坏事我们都记着的，要改，不改就搞你……"

慢慢地伪军动心了，对喊话也表示了欢迎："来吧！靠近一点儿，我们不打枪。"有的还丢下烟卷来。对提出了名字的最坏的伪军,他们也给以孤立:"唔,你上了生死簿了,我们再不和你在一起,背霉气!"被提了名字的就赶快表示态度:"我再不做坏事了。""我从今后改了行不行?"——营镇一个伪警备队长对维持会长说:"人家县政府那里,恐怕我的黑点最多了。你只在家里出主意,别人不知道,什么事都是我领头去干,抢杀掠夺,谁不晓得?一定都上在账上了。"言下不免忐忑不安,有些埋怨。维持会长表面上安慰他:"你好,底下有人,黑点虽然多,将来带人出去反正①,一下子一个大红点就把黑点都盖了。我呢?翻了老底子还不是一抹黑?……"内心里也透露了无限的懊恼和顾虑。

宣传不够,老百姓就进一步警告他们。

南宫,一个很坏的伪警察所长当了伪区长,向老百姓派款,一亩地要两元。那是正当冀南遭了严重旱灾,老百姓吃野菜树皮都没有的时候,那样的勒索,简直是要人命。老百姓气极了,一夜工夫,把伪区长住处周围,遍地插满了小旗。红的,绿的,白的,黑的,上

---

①反正:这里指一方的军队或人员投到本来敌对的另一方。

边写了各色各样的标语："打死×××！""拒绝派款！""反对勒索！"他一出来，子弟兵民兵也四处打击他。结果他立刻派出调人①，说："两块钱不要，八路军叫咋着就咋着！"

警告再不行，就消灭他们！——黑红点是兑现的。

广宗东里集，有个伪警察所长，叫张××，土匪出身，人称"张八爷"。因为杀人不眨眼，又叫"张剥皮"。他曾三天里边杀死四十三个好百姓。这一带人都恨他入骨。我们抗日政府就贴了布告，宣布他几大罪状，把他做的坏事一股脑儿都揭露出来，明白告诉他，哪一天要打他。这家伙住在碉堡外边，每天夜里回家睡觉，并且经常在东里集上一家小酒馆喝酒，往往喝得酩酊大醉。那天凑巧，傍晚他又在那家酒馆喝酒，我们武工队就在酒馆附近埋伏了。等他酒喝得差不多的时候，酒馆掌柜仓仓皇皇地进去告诉他："不好，八路来了！"他慌里慌张地跑出来，嚷着："八路在哪里？"我们武工队嘡的一枪："八路在这里！"他就像真的"醉"了一样，一头栽地，再也起不来了。

---

①调人：调解纠纷的人。

这个坏家伙死了，敌人又派了一个新所长来，更坏，硬要叫东里集的村长去给"张剥皮"祭灵。可是灵没祭成，他自己的灵魂却又跟着我们武工队的枪声投入地狱了。

黑红点就这样灵验。因为它不是鬼神的指使，而是人民大众的裁判。红点，不是焚香叩头能求来的；你要做好事：坚决抗日，爱护群众。黑点，也不是吃斋念佛能禳（ráng）除①得掉的；你要不做坏事：不帮助敌人，不掠夺，不打骂、捕杀百姓。这样伪军伪官可就不得不打打算盘，伪军伪官的家属也就不得不替他们的不肖子孙、刁夫贼父捏一把汗了！于是有伪军的妻子到碉堡去叫她丈夫的事，有伪军的母亲到据点去哭她的儿子的事。景镇伪警备队的刘中队长也当众宣誓说："别骂我，我也是想抗日。八路军要来打鬼子，我保证一枪不放；要是我放枪，我姓刘的不是俺爹揍的！"李家屯炮楼里的伪中队长，听说老百姓提出来要搞他，他赶紧声明："往后不再做坏事就是！实在我也很难，譬如××村的村长是暗八路（共产党），难道我不知道？

---

①禳除：禳解，迷信的人向鬼神祈祷消除灾殃。

他来了我也没把他怎样。……"有的更具体地提出保证条件：一，到拔碉堡的时机来了，不用拔我就带弟兄们投降；二，抗日人员可以随便过路，我们看见也装没看见；……慢慢有了"伪属协约书"。只要伪军父兄能确保他的子弟不烧不杀，不抢不捉，和我们打仗枪口向上，那么老百姓就确保他家的生命财产安全，和其他抗日居民一样。为了郑重，这"协约书"特别由抗日县政府盖印保证。老百姓和抗日政府又给做好事多的伪军发"回心抗战证"，凡带证的回家或被俘都一律不杀。但是发了证后再做坏事，就宣布无效，也并不迁就。

这样一来，坏人们神魂不安了。

枣强，一个维持会长，有一次卷了大批赃款回家，听了全家老少讲说黑红点的故事，夜里就做了一个噩梦：坏人榜上，自己名下密密匝匝地全是黑点；他不觉大吃一惊，吓了一身冷汗。第二天醒来，他就向敌人提出辞职了。事后别人问他的辞职理由，他说："合不着①提溜着个脑袋过日子！"

当敌人挖界沟的时候，衡水、武邑边境上挖得最

---

①合不着：不值得，不上算。

快，因为那一带伪军督促最紧，打骂也最凶。每晚我们去据点附近破路，伪军总是彻夜打枪，有时破路群众就有伤亡。这一天夜里，我们子弟兵把据点包围了，进行喊话，对每个班长以上的伪军，指名叫着把生死簿里的记载念给他们听，并且加了详细的解释说明，那天他们就非常老实，一枪没打，我们带去的群众好好地把刚修的公路破坏了一夜。第二天，听说伪据点里一个司务长，自己觉得做的坏事太多了，打人、诈钱、抢东西，很怕老百姓不会饶他，从此郁闷成疾，不到半月就死了。

这样，黑红点的故事传开去，伪军便争着向老百姓解释：哪件事不是他做的，是谁谁做的；纷纷托人打听自己黑点的数目，找适当的机会做些好事，来挽救弥补。阜县×村就发生了这样一件事——

炸弹厂里三十多个工人正在积极工作着，忽然村长急急忙忙走进来说："有五匹马来到大街上，问炸弹厂在哪里，叫快说出来，不然就坏了：鬼子在后边快到了，是专来找炸弹厂的。说了他们想办法掩护，不然……"

厂长听了，想一定是有汉奸报告了。鬼子已来到村边，想办法已来不及了。伪军又紧跟在村长后边，确实已发现了工厂，就叫村长向伪军说了实话。那五个伪军急忙唤工人换了衣裳，叫人把造炸弹的东西埋起来，把炸弹厂最小的房子烧了，压在上面，又点起了几处老百姓矮小的草房。"这就不碍事了，"五个伪军很放心地说，"只要鬼子查不出造炸弹的家具，我们就有办法应付。"

这时鬼子进村了。到处找炸弹厂，可是村子找遍了也找不到。最后集合起老百姓来打着逼着问，也没有一个人说出。伪军在旁支吾了一番，鬼子就走了。

走了约莫一袋烟的工夫，两匹马又嘚嘚地飞跑回来，碰见村长就喘着粗气说："你告诉县政府，这件事情可是件好事情啊！请县政府给我们画个红点——我叫银得胜。"

说完又掉转马头飞快地跑了。

....

告诉那些替敌人说话、替敌人跑腿、替敌人做事的人吧："不要做坏事啊！你的名下会多一个黑点呢。"

老百姓的评判，是最后的最合理的评判。

1944年10月3日

游击队员宋二童

一

还是在初当民兵的时候，宋二童跟游击队打扫战场，拾了一个敌人的哨子。那是一个铜质镀镍（niè）、亮晶晶的哨子，小孩子拿着玩玩是满好的。可是在一个二十来岁当民兵的宋二童手里有啥用处呢？解不得渴，充不得饥，就是用力扔出去也打不死敌人。——因为终究是胜利品，又是第一次打鬼子的纪念，宋二童才把它在意不在意地揣在怀里一个小口袋里。日子一久，战争勤务一忙，慢慢也就忘记了。

但是有一天，邱县城里的敌人出动了，大半是日军。队伍急急忙忙地赶着路，正朝着焦路东边五里地的坞头方向前进。那村庄昨晚住了游击队，宋二童是隐隐约约听到了的。正因为这样，他才在刚刚鸡叫的时候，在通县城的大路两旁自动地来放哨警戒。

他背了粪筐，正孤零零地在道南麦地里转呢，不想敌人已偷偷摸摸地来到跟前了。"敢情就是找游击队的？"宋二童心里一惊，"到坞头拢总不过六里地，自己没枪，这样早又没人，怎么办呢？"盘算着，在黎明还有些寒意的微风里，他急得满头大汗。

一急，宋二童倒忽然想起了他怀里的哨子来了。

"嘟……嘟……"摸出来先就是一阵猛吹。

奇怪，没想到敌人会这样慌，没想到哨子会有这样大的力量，听惯了哨音的日军唰的一声就站住了。机关枪架起来，派出了搜索的尖兵，一个队长模样的矮子，在蒙蒙亮这样的早晨，还拿了望远镜四处乱望。其实吹哨子的人离得并不远，顶多不过五十米，只是被齐腰的麦垅把他遮蔽得严严的，望远镜也失掉作用罢了。

这意外的成功，使趴在麦地里的宋二童不禁好笑。趁敌人踌躇慌乱的当儿，他又悄悄地顺大路爬了一二百米，依旧静静地隐蔽在麦田里，等候敌人。

敌人为了那一阵哨音，起码蘑菇①了二十分钟，才又试探地继续前进。不到二百米，不知哪里又"嘟……嘟……"地吹起来了。那个队长模样的矮子仿佛很生气，脑袋扭来扭去，嘴里叽哩咕啦地不知说些什么。可

---

①蘑菇：行动迟缓，拖延时间。

是生气有啥用，队伍还不是都得跟哨音停住？自然少不了地又是一阵慌乱。而前面离宋二童的村子焦路就不远了。村里听觉灵敏的狗都咬了起来："汪，汪汪！"在原想拂晓前秘密包围游击队的"皇军"，这种惊慌骚动不能不是一件大大的苦恼。

敌人再走，宋二童就又吹。

等敌人断断续续走完那六七里路，包围了坞头的时候，天色已经大明，游击队早离开村子到别处去了。

二

当民兵建立了大大小小许多功劳，由于自己恳切请求，宋二童就和他的哨子一齐参加了游击队。这一年，邱县大队参加的人非常踊跃。人多枪少，几乎成了那时的特点。宋二童找到的是一杆坏到不能用的独出子，而且也没有子弹。

带着劣质的武器怎么能打漂亮仗呢？"让我搞条枪去！"这成了初入伍的宋二童唯一的心事。

正是青纱帐①起来的时候。宋二童调查好邱县伪二

---

①青纱帐：指长得高而密的大面积的高粱、玉米等。

区长是常常单人独骑到城里去的。他有一架轻便的三八盒子,往往木盖不揭就斜挎在身上;骑着一匹抢来的白马,耀武扬威,仿佛当汉奸还怪体面似的!宋二童一来恨他作恶,看他不顺眼,二来瞅准了他那架盒子,于是这天早晨看他又到城里去了,下午就带了那杆独出子去四不靠村的路边等他,埋伏在密匝匝的青纱帐里。

太阳偏西,高粱地里热得人出油汗。"莫非在城里住在鬼子那里了?"宋二童正疑惑着等得不耐烦的时候,从西边来的嘚嘚的马蹄声可就慢慢地近了。宋二童从来没打过败仗,心里一点儿不慌张,倒是想到眼看就要到手的那架轻巧盒子,反增添了加倍的信心和勇气。

"站住!"这一声真响,一只鹌鹑扑拉拉从麦地里飞了。——紧接着举起了那杆独出子土造枪。二区长措手不及,马鞍子有些坐不稳了,白马一惊,也打了一个趔(liè)趄(qiè)①。

"下枪!"

不必客气,等了多时的就是这个目的。——"站住!""下枪!"两个命令差不多接连在一起,二区长

---

①趔趄:身体歪斜,脚步不稳。

几乎是从马上滚下来的。他顾不得拉马,顾不得考虑迟疑,眼睛注视着独出子,两手就举起来了。

宋二童一边拿过盒子,检查一下,顶上子,一边客气地把独出子递过去:"这个给你吧。"想笑没笑出来,表情仿佛有些抱歉,心里是在逗弄他,并没放松警惕。

那位区长就真的不知趣,接过枪去,朝宋二童啪啪就是两枪。——等看见宋二童神色不动,哈哈笑出声的时候,他一下子泄了气,很不好意思地咧了咧嘴,咕噜着:

"没有子弹。"

"有子弹我给你!"

宋二童的答话是干脆嘹亮的。差不多同时,他左边顺手拉过正要吃麦子的马来,右边哐的一声盒子枪就响了。"哼,你欺压我们老百姓也太毒辣了!"

三

平原游击,骑马不便,宋二童不骑马。

不骑马,他骑脚踏车。宋二童是侦察员了。

宋二童小伙可真漂亮啊：身子发育得壮健结实，性情又明朗又爽快。他胆子一向很大，有了好武器陪伴着，胆子就更大。单人到据点里赶集，深夜到碉堡跟前插小旗、贴标语，没有一次不胜利地完成任务。这次他到城里侦察，心爱的三八盒子插在腰里，紫花布衣裳，羊肚子头巾，是一副胆大心细的神气。他骑车跑到离城三里地的村庄，把车子放在村里槐树底下，挎了个篮子就出发了。篮子里装的是鸡蛋、韭菜，还有带大绿叶子的小红萝卜。

邱县城，南门北门都堵了，只留下东门西门出入。门上有哨，都是伪军。宋二童从东门进去。进去时，他笑盈盈地行了个礼："老总吃点儿鲜货吧。"客气地送了伪军一个鲜红萝卜。他从西门出来。出来时，伪军问他："篮子里装的什么？""你看。"顺手更客气地递过去两个鸡蛋。——总之，他是在城里大模大样地转了一圈，又平平安安地出来了。他是很高兴的。离城不远，他的脚步就轻快起来。他恨不得立刻飞回司令部去！因为这是他当侦察员第一次带了枪进城呀！是相当危险的事。

是的，他想飞回去。骑了脚踏车走路就像飞。但是等他背着夕阳回到村里的时候，寄放在槐树底下的脚踏车却不见了。问遍了村里的老百姓，都说不知下落，只知道敌人有一个探子曾在偏响来过。败兴的事还有比这更厉害的吗？他焦急，因为车子是队部的公物。打听一件消息，却丢掉一辆车子，在常胜的宋二童是最难忍受的耻辱。

"无论如何，也得把车子找回来！"说着咬了咬牙，宋二童在内心里起了个誓。

他的聪明，叫他沿了车轮的痕迹去追，可是车轮的印痕伸到城根就向北拐了，而北门是堵了的。他的机智，告诉他车子是爬过破坏了的城墙进城的，于是他也从东北角城墙的缺口处进了城。他的勇敢，又使他丝毫没想到再度进城的危险，想到的只是怎样不丢东西，不丢人。

真的，聪明、机智、勇敢，没叫宋二童失望。在城东北角转来转去，终于在一条胡同口的屋子里看到他的车子了。旁边一个三十岁左右的汉子正抹着汗坐在那里休息呢，仿佛很辛苦了一趟的样子。

"喂，老乡，这是我的车子！"

坐着的那家伙吃惊不小。霍地一下站起来，要发脾气，猛抬头看见宋二童认真地站在那里，放在胸前的右手底下有什么黑亮的东西隐约一闪，立刻又把气压下去，用慢吞吞的声调说："你的？你的你拿去吧。"

"我拿去？"宋二童感觉受了侮辱，话语里透露着厉害，"你从哪里推来的，还是给我推回哪里去！不然……"话截然地就停住了。没说完的意思仿佛将由不客气的行动来代替。

对方，狡猾，又无可奈何的样子，不说话，推起车子就朝东门的方向走去。

"喂，"宋二童紧跟在旁边，轻轻地招呼着，用左手朝城墙的缺口把他使劲地一推，"还是走原路吧。"他知道东门敌人的哨兵快到黄昏的时候是不会撤的。

偷车人这回很听话，路也熟悉，车子一直推到槐树底下就停住了。

"不，"宋二童严正地说，"替我送到司令部去吧！"

偷车人的脸色立刻全白了。

1944年10月23日

记一辆纺车

　　我曾经使用过一辆纺车，离开延安的那年，把它跟一些书籍一起留在兰家坪了。后来常常想起它。想起它，就像想起旅途的旅伴、战场的战友，心里充满了深深的怀念。

　　那是一辆普通的纺车。说它普通，一来它的车架、轮叶、锭子，跟一般农村用的手摇纺车没有什么两样；二来它是延安上千上万辆纺车中的一辆。的确，那个时候在延安的人，无论是机关的干部，学校的教员和学员，还是部队的指挥员和战斗员，在工作、学习或者练兵的间隙里，谁没有使用过纺车呢？纺车跟战斗用的枪、耕田用的犁、学习用的书和笔一样，成为大家亲密的伙伴。

　　在延安，纺车是作为战斗的武器使用的。那是在抗日战争最艰苦的时候，国民党反动派发动反共高潮，配合日寇重重封锁陕甘宁边区，想困死我们。我们边区军民热烈响应毛泽东同志的伟大号召，"自己动手，丰衣足食"，结果彻底粉碎了敌人围困的阴谋。在延安的人，在所有抗日根据地的人，不但吃得饱，而且穿得暖，坚持了抗战，争取到了抗战的最后胜利。开荒，种庄稼，种蔬菜，是保证足食的战线；纺羊毛，纺棉花，是保证丰衣的战线。

大家用纺的毛线织毛衣，织呢子；用纺的棉纱合线，织布。同志们穿的衣服鞋袜，有的就是自己纺线或者跟同志换工劳动做成的。开垦南泥湾的部队甚至能够在打仗、练兵和进行政治、文化学习而外，纺毛线给指战员发军装呢。同志们亲手纺线织布做的衣服，穿着格外舒适，也格外爱惜。那个时候，人们对一身灰布制服、一件本色的粗毛线衣，或者自己打的一副手套、一双草鞋，都很有感情。衣服旧了，破了，也"敝帚自珍"，不舍得丢弃，总是脏了洗洗，破了补补，穿一水又穿一水，穿一年又穿一年。衣服只要整齐干净，越朴素穿着越随心；西装革履，华丽的服饰，只有在演剧的时候作演员的服装，平时不要说穿，就是看看也觉得碍眼、隔路。美的概念里是更健康的内容，那就是整洁、朴素、自然。

纺线，劳动量并不太小，纺久了会胳膊疼腰酸；不过在刻苦学习和紧张工作的间隙里纺线，除了经济上对敌斗争的意义而外，也是一种很有乐趣的生活。在纺线的时候，眼看着匀净的毛线或者棉纱从拇指和食指中间的毛卷里或者棉条里抽出来，又细又长，连绵不断，简直会有一种艺术创作的快感。摇动的车轮，旋转的锭子，争着发出嗡嗡嘤嘤的声音，像演奏弦乐，像轻轻地唱歌。那有节奏的乐音和歌声是和谐的、优美的。

纺线也需要技术。车摇慢了，线抽快了，线会断头；车摇快了，线抽慢了，毛卷、棉条会拧成绳，线会打成结。摇车，抽线，配合恰当，成为熟悉的技巧，可不简单，需要用很大的耐心和毅力下一番功夫。初学纺线，往往不知道劲往哪儿使。一会儿毛卷拧成绳了，一会儿棉纱打成结了，纺手急得满头大汗。性子躁一些的人甚至为断头接不好生纺车的气，摔摔打打，恨不得把纺车砸碎。可是那关纺车什么事呢？尽管人急得站起来，坐下去，一点儿用也没有，纺车总是安安稳稳地待在那里，像露出头角的蜗牛，像着陆停驶的飞机，一声不响，仿佛只是在等待，等待。一直等到使用纺车的人心平气和了，左右手动作协调，用力适当，快慢均匀了，左手拇指和食指间的毛线或者棉纱就会像魔术家帽子里的彩绸一样无穷无尽地抽出来。那仿佛不是用羊毛、棉花纺线，而是从毛卷里或者棉条里往外抽线，线是现成的，早就藏在毛卷里或者棉条里的。熟练的纺手，趁着一豆灯光或者朦胧的月光，也能摇车、抽线、上线，一切做得优游自如。线上在锭子上，线穗子就跟着一层层加大，直到沉甸甸的，像成熟了的肥桃。从锭子上取下穗子，也像从果树上摘下果实，劳动后收获的愉快，那是任何物质享受都不能比拟的。这个时候，就连起初想砸碎纺车的人也对纺车发生了感情。那种感情，是凯旋的骑士对战马的感情，是"仰手接飞猱（náo），俯身散马蹄①"的射手对良弓的感情。

纺线有几种姿势：可以坐着蒲团纺，可以坐着矮凳纺，也可以把纺车垫得高高的站着纺。站着纺线，步子有进有退，手臂尽量伸直，像"白鹤亮翅"，一抽线能拉得很长很长。这样气势最开阔，肢体最舒展；兴致高的时候，很难说那是生产，是舞蹈，还是体育锻炼。

为了提高生产率，大家也进行技术改革，运用物理学上轮轴和摩擦传动的道理，在轮子和锭子中间安装加

---

①仰手接飞猱，俯身散马蹄：出自三国时期曹植的《白马篇》。猱，猿猴的一种。马蹄，此处是射帖的名字，即箭靶。抬手能射中飞猿，俯身能射破箭靶，形容射箭技术高超。

169

速轮，加快锭子旋转的速度，把手工生产的工具变成半机械化。大多数纺车是在纺羊毛、纺棉花的劳动实践中培养出来的木工做的；安装加速轮也是在劳动实践中大家摸索出来的创造发明。从劳动实践中还不断总结出一些新的经验。譬如，纺羊毛跟纺棉花常有不同的要求：羊毛要松一些、干一些，棉花要紧一些、潮一些。因此弹过的羊毛要卷成卷，棉花要搓成条，烘晒毛卷和阴润棉条都有一定的火候分寸。这些技术经验，不靠实践是一辈子也不知道里边的奥妙的。

　　为了交流经验、互相提高，纺线也开展竞赛。三五十辆或者百几十辆纺车搬在一起，在同一个时间里比纺线的数量和质量。成绩好的有奖励，譬如，奖一辆纺车，奖手巾、肥皂、笔记本之类，那是很光荣的。更光荣的是被称为"纺毛突击手""纺纱突击手"。竞赛，有的时候在礼堂，有的时候在窑洞前边，更有的时候在山根河边的坪坝上。在坪坝上竞赛的那种场面最壮阔，"沙场秋点兵"或者能有那种气派？不，阵容相近，热闹不够。那是盛大的节日里赛会的场面。只要想想：天地是厂房，深谷是车间，幕天席地，群山环拱，怕世界上还没有哪个地方哪种轻工业生产有那样的规模哩。你看,整齐的纺车行列,精神饱满的纺手队伍,一声号令,百车齐鸣,别的不说,只那嗡嗡的响声就有点儿像飞机场上机群起飞,扬子江边船只拔锚。那哪儿是竞赛,那是万马奔腾,在共同完成一项战斗任务。因此,竞赛结束,无论是纺得多的还是纺得比较少的,得奖的还是没有得奖的,大家都感到胜利的快乐。

就这样,用劳动的双手,自力更生。纺线,不只在经济上保证了革命根据地的人大家有衣穿,使大家学会了一套生产劳动的本领,而且在思想上还教育了大家认识劳动"本身成了生活的第一需要[①]"的意义;自觉地克服了那种"认为劳动只是一种负担,凡是劳动都应当付给一定报酬的习惯[②]"。劳动为集体,同时也为自己。在劳动的过程里,很少人为了个人的什么去锱(zī)铢计较;倒是为集体做了些什么有意义的事情,才感到是真正的幸福。

就因为这些,我常常想起那辆纺车。想起它像想起老朋友,心里充满了深深的怀念。围绕着这种怀念,也

---

① 本身……第一需要:出自马克思的《哥达纲领批判》。
② 认为劳动……习惯:出自列宁的《从莫斯科—喀山铁路的第一次星期六义务劳动到五一节全俄星期六义务劳动》。

想起延安的种种生活。在党中央和毛泽东同志的周围工作、学习、劳动，同志的友谊，革命大家庭的温暖，把大家团结得像一个人。真是既团结、紧张，又严肃、活泼。那个时候，物质生活曾经是艰苦的、困难的吧，但是，比起无限丰富的精神生活来，那算得了什么！凭着崇高的理想、豪迈的气概、乐观的志趣，克服困难不也是一种享受吗？

跟困难作斗争，其乐无穷。

——记一辆纺车。

1961年2月15日，春节

延安

延安，20世纪30年代到40年代中国革命的京城，它是流通鲜红的血液到千百条革命道路的心脏，它是指挥抗日战争和解放战争取得最后胜利的司令台。

延安这个声名响彻世界的地方，是同中国共产党和毛泽东同志的名字联结在一起的。这座群山环抱、高踞中国西北黄土高原的古城，伴着那条傍城东流的延水，和那座耸立在城南嘉岭山上的宝塔，在中国悠久的历史长流里，度过了多少世纪的默默无闻的寂寞的岁月。1935年，中央红军在毛泽东同志的领导下，经过举世闻名的二万五千里长征到了延安，在这里领导中国革命近十四年，领导千百万英勇无畏的革命战士，艰苦奋斗，在惊涛骇浪里把中国革命的航船，稳稳地朝着正确的方向，从胜利驶向胜利，延安这才成了铄古灼今、光芒万丈的名城。

延安，是革命者荟萃的地方。从红军到达陕北开始，就是"条条道路通延安"了。旅途的万水千山，不算什么险阻；敌人的重重封锁，丝毫不足畏惧；爱国的志士，抗日的青年，男的，女的，只身的，结伴的，要求革命的人们成千上万地涌向延安。当日寇侵略使祖国濒于危亡的时候，延安是希望；当全国军民奋起抗战的时候，延安是灯塔。整个抗日战争期间，哪一颗火热的心不向往延安呢？水流万里归大海，延安广阔深邃的山谷容纳着汹涌奔流的人的江河。

"到延安去"是一种豪迈的行动。"做延安人"是一种很大的光荣。革命者到了延安就到了家。那是多么欢乐的家啊！在那个欢乐的革命的家里，"同志"，是千百万人共同的称呼。这个称呼是亲切的，里边包含着革命、尊敬、信任等崇高的意义；也蕴含着集体、友爱、团结等浓挚的阶级感情。同志们生活在一起，一边工作、学习、劳动，一边跟敌人作不懈的斗争。每个人都有自己的战斗岗位，每个人都是革命集体的成员。能力有大有小，劳动光荣是一致的认识；进步有快有慢，力争上游是共同的志趣。从地主、官僚、买办资本家统治的旧社会里跑出来，摆脱那种挨冻、受饿、抗日有罪的痛苦生活，一步踏上有衣穿、有饭吃、有书读、有事做、没有剥削压迫的自由天地，谁不认为是无上的幸福呢？

在延安，同志们自己动手挖窑洞，解决住处问题。借厚实的黄土山崖，窑洞挖得一层一层，一排一排。窑洞是冬暖夏凉的，土地、土墙，穹形的土顶，收拾得窗明几净。窑洞接窑洞，往往一道山沟就是一条大街，一个山头就是一处村落。夜里来，一山高下，灯火万点，壮丽极了，是一片繁荣景象。同志们自己动手种庄稼，解决食粮问题。在山坡沟边，把杂草割掉，荆棘斩除，荒地可以变成耕田。山上种谷子糜子，平川种稻麦蔬菜。牛羊猪鸡等家畜家禽，也得到适当繁殖。人们生活是俭朴的，但是丰足的。在党和边区政府的领导下，大家自力更生，建立铁工厂、木工厂、用马兰草造纸的造纸厂；也纺棉花，纺羊毛，织布。建立自己的银行，自己的邮局，自己的报纸、通讯社，自己的大学（大学是名副其实的，只抗日军政大学，就是上万的学员）。延安是个崭新的社会，人跟人的关系是新的，一切社会制度也是新的。

延安是革命的洪炉。当时有句谚语说："三年八路军，生铁变成金。"（八路军，那个时候是革命的同义词，参加八路军就是参加革命。）延安的生活是一种锻炼；马克思列宁主义的钻研，毛泽东著作的学习，劳动生产，整风运动，是提炼真金的火焰。党在延安为抗日战争培养了争取胜利的干部，也为解放战争和社会主义革命准备了各方面的人才。在农村建立革命根据地，用农村包围城市，最后夺取城市。毛泽东同志这一光辉的战略思想，在延安时代正是以延安带头在各个根据地完满体现的。像太阳辐射光芒，革命的干部从延安出发，分散到全国各地。红色的种子适应各地的气候和土壤，在广大革命群众中扎根。党的建设、武装斗争、统一战线，这三件法宝是党的革命事业赖以开花结果的水、土、阳光。坚定正确的政治方向，艰苦奋斗的工作作风，机动灵活的战略战术，加上团结、紧张、严肃、活泼，是每个革命干部都必须具备的品德和修养。

每一个革命者都是散播革命火种的人。革命的队伍越壮大，革命的火焰越旺盛，革命的事业越发展。我们是不断革命论和革命发展阶段论者，井冈山、延安、北京，革命正是一脉相承。人类幸福的创造是无穷无尽的，创造幸福的道路也无限地广阔。当然，只要帝国主义和阶级敌人还存在，革命前进的路上就免不了障碍和险阻；把障碍铲除，把险阻踏平，扫清前进的道路，是革命者应尽的责任。革命的敌人必定被消灭，革命必定要胜利。

看延安吧，曾经封锁延安、进攻延安的那些撼树的蚍（pí）蜉（fú）①、挡车的螳螂都到哪里去了呢？延安城却绿化，建设，焕然一新了。城里的废墟上修建起一幢幢楼房和整齐的街道，东门外的延河上架起了又宽又平的长桥，而党中央和毛泽东同志住过的杨家岭、枣园、王家坪……则成为千秋万代令人永远瞻仰和怀念的胜地。

让北京从井冈山和延安接过来的火把照着我们继续前进吧。"东方红，太阳升"，是从延安唱起的歌，现在这歌声已经唱遍世界了。

1961年6月29日

---

① 撼树的蚍蜉：蚍蜉，大蚂蚁。蚍蜉撼大树，比喻力量很小而想动摇强大的事物，不自量力。

春秋多佳日

"春秋多佳日，登高赋新诗。"这是陶渊明《移居》里的诗句。读了这样的诗句，会感到胸襟开阔，心情舒畅；真像在风和日丽或者天朗气清的日子里，自己也去登山远眺，引吭高歌。这是诗人富有感染力的语言引起读者共鸣的地方。

岁时季节，自然景物，能够入诗的很多。陶诗还有一首《四时》，就是专写春夏秋冬的景色的："春水满四泽，夏云多奇峰。秋月扬明晖，冬岭秀孤松。"钟嵘《诗品》里有一小段话："若乃春风春鸟，秋月秋蝉，夏云暑雨，冬月祁寒，斯四候之感诸诗者也。"意思同《四时》里讲的差不多。诗人对时令或景物的变化，有所感触就写成诗篇，道理很容易理解。正像《文心雕龙》①里所说的："春秋代序，阴阳惨舒，物色之动，心亦摇焉②。"

---

①《文心雕龙》：我国古代的一部文学理论专著。南朝梁刘勰著。
②春秋代序……心亦摇焉：四季交替，秋冬寒冷使人感到凄凉，春夏和暖使人感到舒畅，人的心情随物象的变化而波动。

四季当中，春秋两季最好，一个百花竞放，一个五谷稔（rěn）熟，所谓春华秋实，确实值得诗人歌咏。但是单凭自然是靠不住的。自然经常变化，有时可以说是喜怒无常。日有昼夜，月有圆缺；天气有晴有阴，年景有丰有歉。风调雨顺的对面，不就是旱涝虫霜吗？怎么能靠得住！

靠天不行，要靠只有靠人。

人是自然的主人。人不但能够役使自然，还能够创造自然。在地上造房屋，在山里凿隧道，架木为桥，蓄水成湖，直到挖运河，筑长城，又发射地球卫星，不知给大自然创造了多少奇迹，增添了多少景色。人，还可以给极普通的日子赋予伟大的生命和意义。譬如"五一""七一""十一"，就是很显著的例子。自从盘古开天地，日子不知过了多少亿兆京垓（gāi）①，哪一天曾经给人留下万古不磨的记忆呢？没有人能够回答。响亮的回答，到世界劳动人民有了国际劳动节，苏联有了十月革命节，中国有了7月1日伟大的中国共产党诞生和10月1日中华人民共和国宣告成立，这才算

---

①亿兆京垓：古代计数，十万为亿，十亿为兆，十兆为京，十京为垓。

开始。

"五一""十一"这些闪耀着灿烂光芒的日子，是劳动人民的汗水和鲜血凝结而成的，是日子里的珍珠。这些日子，充满着暴风骤雨，燃烧着熊熊的火焰，交织着英勇的战斗。里边包含着不知多少英雄业绩，多少可歌可泣的故事。人们只要想到其中一桩事迹、一个故事，就可以得到启发、受到鼓舞，从而发愤图强，在革命和建设的事业里奋勇前进。为了纪念和庆祝这样的日子，想想过去，瞻望未来，就会努力把工作做得更好，把生活创造得更美，使生命活得更有意义。

也不必设想太远，只要在那样的日子里，到天安门前广场，投身到成万成十万兄弟姐妹的海洋里，或者行进在同志们战斗的行列里，接受人民领袖的检阅，你就会感到无上的幸福和光荣。看红旗飘扬，听礼炮雷鸣，跟大家一道齐声欢呼，你也会感到满怀雄心壮志，浑身充满了力量。这种感受是非常宝贵的。若能把这种感受保持下去，天天用饱满的热情、喷涌的干劲，从事学习和工作，那样度过一冬一春，或者一夏一秋，你就有可能拿足以自豪的成绩，迎接另一年同样的节日了。这样半年、一年，自强不息，后浪推前浪，胜利接胜利，时光不会老，人也将是永远年轻的。自然界的变化种种，刮风也好，下雨也好，天冷也好，天热也好，丰年也好，歉年也好，就会大大缩小它的影响了。

古人读书，讲究善用"三余"："冬者岁之余，夜者日之余，阴雨者时之余也。"历史上也有过秉烛夜游、挑灯看剑的韵事。我们处在新的时代、新的社会，不更可以按照我们的意志和需求来安排我们自己的日子吗？厂矿劳动，昼夜三班倒，已经成为正常制度；"冷练三九，热练三伏"，早就是身体锻炼的规律；"常将有日思无日，莫待无时思有时""好年要当歉年过"，更是一切从长远打算的生活谚语。有光辉的前辈作榜样，艰苦是美德，任何时候都是努力的良好时机，都是春秋佳日。

今天，10月1日国庆节，论天时、人事，的确都是无限美好的日子。因此，迎接这一天，我们应当准备双倍的庆祝。

1961年10月1日

窑洞风景

住窑洞，越住越有感情。那种感情，该像"羁鸟恋旧林，池鱼思故渊"吧，日子越长久，感情越深厚。不过也有些不同，窑洞仿佛是叫人看了第一眼就感到亲切，住了第一天就感到舒适的。窑洞的好处是简单朴素，脚踏实地，开门见山。我不知道历史记载的"采橼（chuán）不刮，茅茨不剪①"的尧舜居处到底怎样，因为年代太远了，没有办法亲自去住住；若拿紫禁城里的宫殿跟窑洞相比，老实说，我喜欢窑洞。

窑洞跟房屋不同。房屋要从平地上盖起来，窑洞却要从崖壁上挖进去。我国的西北黄土高原，据说在很古很古的时候，曾经是海底。厚厚的黄土层，是亿万年泥沙的沉淀和风积。黄土层经过日久年远的水土流失，冲刷得轻的成为无数深深浅浅的沟壑，冲刷得重的就是一道道大大小小的峡谷。沟壑的积水成溪流，峡谷的积水成河道。溪流和河道两边，就自然形成坡、岗、山、

---

① 采橼不刮，茅茨不剪：出自《史记·秦始皇本纪》，形容尧舜居处简陋。

岭。所以西北的山，往往是土山。土山底下也有石层。重重叠叠平整的水成岩，可以采来制成石板，用它当屋瓦，或者给小学生拿来写字、演算术，所以"清涧的石板"和"安定的炭①"跟"米脂的婆姨绥德的汉"在陕北是齐名的。

山岭的上层总是黄土居多。从沟壑峡谷往上看，那土山土岭的陡坡悬崖，有时可以高到十丈百丈。可是在旁边望着是山是岭的地方，爬上陡坡悬崖也许会是一处方圆几十里的塬（yuán）②。溪流和河道两旁呢，水土继续流失，泥沙继续淤积，就又成为宽宽窄窄的坪坝。这上塬下坝，土地都很肥沃，多半适于种五谷，长庄稼。那硗（qiāo）薄的荒山秃岭，不便耕种的，就滋长野草榛莽，成为天然的牧场。

窑洞，就挖在这类山崖、沟畔，背山临水的地方。

譬如说，把向阳的一抹山坡，从半腰里竖着切齐，切到正面看好像一带土墙的时候，就用开隧道的办法从土墙挖进去，挖得像城门洞那样深浅，像一间屋那样大

---

①安定的炭：更常见的说法是"瓦窑堡的炭"。瓦窑堡曾属于安定县。安定县后来改名为子长县。
②塬：我国西北黄土高原地区因流水冲刷而形成的一种地貌，呈台状，四周陡峭，顶上平坦。

小，窑洞的雏形就成了。洞口一半垒窗台、安窗户，一半装门框、上门。门窗横过木上边的拱形部分，用窗棂结构成冰梅、盘肠、五角星、寿字不到头等种种图形，成为顶门窗。因此，窑洞虽然只有一面透光，南向、东向、西向的窑洞，太阳一样可以照得满窑通亮。晴朗的夜里，一样可以推窗纳月，欣赏李太白的诗句："床前明月光，……"

农家住的窑洞，多半是靠窗盘炕，炕头起灶安锅。灶突从炕洞里沿着窑壁直通山顶。常见夕阳衔山的时候，一边是缕缕炊烟从山头袅袅上升，一边是群群牛羊从山上缓缓回圈。"日之夕矣，羊牛下来"，正好构成一幅静静的山野归牧图画。若是山高一点儿，炊烟缭绕，恰像云雾弥漫，又会给人一种"白云生处有人家"的幽美旷远的感觉。有的农家窑洞，用丹红纸剪贴了"鲤鱼跳龙门""锦鸡戏牡丹"一类的窗花，或者贴了祝贺新婚和新年那样的"囍"字，就又是一种欢乐气象了。

战争时期干部住的窑洞，往往办公和住宿在一起，那局势和陈设另有一番风味。靠窗放一张不油不漆的本色木桌，一个三只脚的杌（wù）子①，一条四根腿的板凳，就是全部家具。书架挖在墙里，挎包挂在墙上。物质条件是简单的：窗明几净，木板床上常常只是一毯一被（洗干净的衣服包起来算枕头）。精神生活是丰富的：拥有一壁图书，就足以包罗宇宙万有。沙发也就土墙挖成，一半在墙外，一半在墙里。沙发上放草垫子，草靠背，草扶手，坐上去可以俯仰啸傲、胸怀开阔地纵论天下大事。最好是冬天雪夜，三五个邻窑的同志聚在一起，围一个火盆，火盆里烧着木炭。新炭发着毕毕剥剥的爆声，红炭透着石榴花一样的颜色，使得整个窑里煦暖如春。有时用搪瓷茶缸在炭火上烹一杯自采自焙的蔷薇花茶，或者煮一缸又肥又大的陕北红枣，大家喝着，吃着，披肝沥胆，道今说古，往往不觉就是夜深。打开窑洞的门，满满地吸一口清凉的空气，喊一声"好大的雪"，不讲"瑞雪兆丰年"吧，那生活的意义是极为丰腴的。捧一捧雪擦擦脸，就是该睡觉的时候神志也会更加清醒。这时候，谁都愿意挑一挑麻油灯，读书或写作直到天亮。

---

①杌子：矮小的凳子。

我怀念起那照耀世界的延安窑洞的灯火了。那灯火闪烁着英明的革命舵手的智慧，那灯火辉映着锤头和镰刀的光辉。革命队伍里谁不传颂那个感动人的故事呢？当《论持久战》正在写作的时候，换岗的警卫同志多少次交接着同样的一句话啊："主席还没有休息。"又多少次送去的饭菜凉了，端下来热热，再送去，又凉了。——"窑洞里出真理"，是从那个时候大家说起的。从那个时候，不，还要更早，从革命队伍诞生的时候，真理就鼓舞着每一个革命战士的赤心，真理就呼唤着每一支革命队伍前进。在这个意义上，那窑洞的灯火是永远发亮的，那窑洞的灯火所照耀的地方是无限广阔的。

窑洞从山腰挖起，一层一层往山顶挖去。随着山崖的形势挖成排，远远看去就像一带土楼。每层窑洞的前面，用削山和打窑的土，恰好可以垫成一片平地。上下左右的窑洞，高低错落，不一定排列得都很整齐；那整齐的却有时候上一层的平地就是下一层的窑顶。在这种九曲回廊似的窑前平地上，可以种菜、养花、栽树。西湖白堤的"间株杨柳间株桃"，被称为江南绝妙景色。这种窑洞建筑的"一层窑洞一层田"，不也可以称为塞北的大好风光吗？若是种瓜，上层的瓜蔓能够挂到下层的檐头，天然的垂珠联珑，那才真叫难得哩。景致更好，是夜里看，一排一排的灯火，好像在海岸上看航船，渔火千点；也好像在航船上望海岸，灯火万家。

窑洞也有几种。陕北过去的老财，平地盖房子也喜欢砌窑洞。砌石窑、砖窑。砌得讲究的，要窑前出厦，带走廊。窑外油漆彩绘，窑里墁（màn）①石灰，粉刷成象牙白、鸭蛋绿的颜色。地上铺方砖，烧地炕，更阔绰的还铺地板。贪婪地收了地租和利钱，不恣意享受又干什么呢！革命队伍住窑洞，可不是贪图享受，主要是图打窑洞价廉工省。一把镐头，一张铁锹，一副推车或抬筐，自己动手，十天半月就可以安排一个住处了。为方便，大窑可以套小窑；为防空，窑后可以挖地道。在防空洞里走，西窑里进，北窑里出，一点钟能绕半个山头。抗日战争期间，平原地道战打得敌人晕头转向，窑洞加地道，打起仗来敌人更只有送死或投降的路了。

在关中塬上，我见过平地挖"土城"又在"城墙"上打的窑洞。那土城和窑洞集中的时候，会像蜂房水

---

①墁：粉饰；涂抹。

涡，自成地下村落。那种村落，在远处是看不见的。只偶尔在路上走着，影影绰绰望到不远的地方有一丛两丛树梢，隐隐约约听见哪里有三声五声鸡叫，奔着树梢和声音走去，忽然发现自己仿佛从天而降，已经站在一座土城的城墙上了。在城墙上俯瞰城里，一圈一圈就都是住户人家。跟一般城里不同的是：这样的人家都住在从四周土墙挖进去的窑洞里。城圈的中间，有时也留一座两座土岛。土岛上会是草木扶疏，藤蔓披离。土岛周围也有一些大小不一的窑洞，不过那些窑洞多半不住人，而是养家畜家禽，堆放柴草。土岛和土墙中间，构成环形的街巷，街巷里一样也种菜、养花、栽树（路上望见的就是这些树的梢头）。雨落在街巷里，太阳照在街巷里，"鸡犬相闻"，俨然是世内桃源。

这种住处的特点是：自带围墙，牢固，安全，又不占耕地。窑洞的顶上一点儿也不妨碍耕种或者走路。清朝沈琨的《过陕》一联说："人家半凿山腰住，车马都从屋上过。"我看写得是相当真实的。

1962年6月11日

访南糯山

离开勐（měng）遮的黎明农场，我们到了勐海的南糯山。山上有茶厂，但不是采茶制茶的季节，我们便只跟职工谈谈，在附近看看。方正的青砖房枕着山泉，清流湍急，密林直到山顶。随山势高下逶迤有三个寨子：水火寨，石头寨，姑娘寨。几片茅草房顶，插花①着几所青红瓦房，错综排列，构成了一派粗犷的山野景色。

寨子里住的多是哈尼族，也住竹楼，比傣族的竹楼要低矮简陋。走进姑娘寨一家只有一个男人在家的竹楼，主人跟我们握手之前，先把挎着的防身砍刀从左肩摘下来平放在晾台上，像是表示友好的意思。不懂话，问他"有孩子上学没有"，却知道拿出三张学生的奖状给我们看。学生的名字分别叫罗通、罗咀、地理。

姑娘寨二十多户人家，看到的不是小娃娃，就是老太太，没看见一个姑娘或者小伙子。老黄念了一副对联的上联："姑娘寨姑娘不在。"没人立刻对下联。因为

---

①插花：夹杂；交错。

竹楼跟竹楼之间都是天然的山石小路，坎坷不平，又年久滑溜，走着必须小心。这里家家连起半圆的竹筒接山泉流水，像露天的自来水管，把水接到晾台的锅里或者葫芦里，方法原始，却省事方便。山泉是旱季也长流不断的。

走进一所有初中班的小学，已经放假。教室的门窗桌凳都完好，原木本色，桌子放两肘的地方有些刻画磨损，显得学校办得有几年历史了。黑板上写着："读三本小说，写读书笔记。"像是布置的假期作业。看着，拿过粉笔的手立刻痒起来，引起对孩子王生涯的留恋。校长说，三百多学生，都是哈尼族。毕业生有进云南民族学院的，也有一个进了中央民族学院。教师九人，汉族、哈尼族的都有。哈尼族没有文字，用全国通用课本。语文课本的选文作者，他都说得出名字，谈话间感到很亲切。

出了姑娘寨，不远，盘山公路旁边有木牌写着："参观茶树王由此向前。"把我们指引下山，攀藤扶树，寻着早有人走过的坡路，一直落到山谷深处。我们看到了茶树王。格朗和公社南糯大队《简介》说："此株茶树王已种八百多年，属云南大叶茶品种。它有优质独特佳味，至今仍可采摘鲜茶叶。经有关人员考查为我国最早种植的茶树之一，对研究茶叶发展史提供了充分依据。"小字标明：

茶树高5.4775米

树幅10.9米×9.86米

主干周围1.38米

原来西双版纳是普洱茶的家乡。普洱茶具有色浓、味厚、嫩度高的优点。张泓说："普茶珍品，则有毛尖、芽茶、女儿之号。毛尖即（谷）雨前所采者，不作团，味淡香如荷，新色嫩绿可爱。芽茶较毛尖稍壮，采治成团，以二两四两为率，滇人重之。女儿茶，亦芽茶之类，取于谷雨后，以一觔（同"斤"）至十觔为一团，皆夷女采治，货银以积为奁（lián）资，故名。"三种茶在清代都是贡茶。

南糯山哈尼族人传说已种茶五十五代人。

看到茶树王，我们心境都变年轻了。倚倚树干，攀攀树枝，摘一片茶叶尝尝，兴致都很高。老张选合适的光线和位置在树旁给大家拍照留念。

从茶树王往回走是爬山。气喘吁吁，汗流浃背，走几步就要站站或坐坐停一停。深感下山不容易，上山更难。在路旁找一根竹竿拄着，省力一些。上到公路，足走了半小时。雷公步捷，已吸一支烟了。

坐进吉普车，老黄急忙说："下联有了，'茶树王茶树未亡'。"我说："末两字消极了，改为'正旺'如何？"心里酝酿了四句话：

茶树王居幽谷间，巉（chán）岩深壑费攀援。
欲知版纳沧桑事，独领春山八百年。

老秦没去黎明农场，回到景洪听我们谈到访茶树王的故事。我把路上酝酿的四句话写出来，他文思敏捷，立刻和了四句：

独领春山八百年，深居幽谷几人看？
欲知风雨沧桑事，但看枝丫似老拳。

1980年8月

钥匙

"心里的书要多,桌子上的书要少。"

这是徐老亲口告诫我的两句话。

谁都知道无产阶级老一辈教育家徐特立同志。他是毛泽东同志的老师,更是革命后代共同的老师。徐老对待革命事业事事处处以身作则,循循善诱。他七十岁的时候还可以游泳,走路很有力,说话滔滔不绝、娓娓动听,人称"老青年"。青年人在他面前不感到拘束,愿意听他谈话、讲革命的历史经验。每次谈话,总是古今中外、文理百科,内容极为渊博广泛。他记忆力好,知道了你学什么,干什么工作,见面就主动谈跟你有关的事情。记得1956年冬天,在长沙交际处大楼,他在走廊一看见我,就大谈语文分科的问题。当时我很惊讶,因为我参与编辑语文教材以后还没见过他老人家。可是老人对语文教学从理论到实践条分缕析,谈得头头是道,仿佛语文分科这件事他早已经过深思熟虑。分科有什么优点、缺点,实行起来会遇到什么问题,他都了如指掌。

那时他已经快八十岁了。到1968年是九十一岁。

两句话是长沙那次谈话十年以前谈的。那时候还在延安，谈的地点是城南门外延安大学行政学院西山坡上一爿（pán）简陋的平房里。房里陈设只有一铺木板床，一张两屉桌，一个凳子。书也不多，仿佛万卷藏书都在徐老胸中（对面宝塔山下的石壁上就凿有"胸中自有数万甲兵"的题词）。我刚调到延大不久，听说徐老正暂时住在那里，一天晚上就特意去向他请教关于读书的事。说明来意，谈话就开始了。像曾经见过两面的情况一样，主要是徐老谈，我听。徐老兴致好，精神比我这个小他二十九岁的年轻人还饱满充沛。两辈人一直谈到午夜。

谈话中印象最深的就是这两句："心里的书要多，桌子上的书要少。"在话语滔滔的海洋里，这两句话像闪闪发亮的珍珠，或者像那夜晴空两颗灿灿的巨星。当时我就把这两句话当作徐老亲口传授给我的读书的钥匙。从那以后三十六年，我经常默默叨念这两句话，想努力照着去做。无论办学校的时候，还是在其他工作岗位上，对青年学生或其他喜欢读书的同志，有机会就宣传这两句话，并且描绘徐老谈话时的情景。虽然直到现在，自己还不能说已经把"钥匙"运用得熟练精到，把两句话体会得深刻入微，但自觉长时期来确曾感到心有所得，受到了裨益。

事实不是这样吗？

人到能够自己读书的时候，通病就是贪多骛（wù）广。这本书也想看，那本书也想看，如饥似渴。求知心切是好事，但贪多嚼不烂就消化不良。往往像小孩子玩玩具，一种玩具稀罕不了一天两天；或者像熊瞎子掰苞米，随掰随丢。桌子上的书摆一大堆，每本书都翻五页六页、一章一节；甚至连序言、绪论都没看完，就见异思迁，漫卷旁置，急着去翻阅不知忽然从谁听说或偶尔从哪里看到的别的书了。过了一星期、一个月检查起来，一本书也没读完。翻过的每本书讲些什么，不要说详细内容不甚了了，就是主题大意也说不清楚。更不要说从读过的书中受到什么启发，得到什么教益，对自己做人处事有什么影响作用。"好读书不求甚解①"，窃比陶渊明吗？自视高了。实际是徒然浪费光阴，自残

---

① 好读书不求甚解：出自晋代陶渊明《五柳先生传》。意思是读书只领会精神实质，不咬文嚼字。现多指只懂得大概，不求深刻了解。

生命。

　　吃亏就在，桌上的书太多。若是桌上的书少一点儿呢，譬如说一个时候只有一本书。早晨读的是它，晚上读的也是它。一本书不读则已，要读就专心致志，像弈秋教的好学生那样，而不是像差劲的那位，老以为"鸿鹄将至①"，必定会读一本书就能多少懂得书里讲的道理，记取书里述说的知识。以之考虑问题，可以提高一方面的智慧；用之实践，说不定能增加某一作业的技能。那叫真正的读书。

　　书都摆在桌子上，心里的书就嫌少了。"请给我开一个必读书目吧。"他可以随便向一位并不认识的学者、专家提出这样不着边际的要求。那学者、专家是研究什么的，有什么著作，他并不一定知道、读过。鲁迅先生就不同意随便开什么必读书目。各种志趣不同、程度参差的青年怎么能有共同的必读书呢？自己喜欢哪门学识、需要读什么书籍，上初中的时候就应当初步有个设想。平日浏览报刊，随堂听教师介绍，或者到图书馆

---

① 鸿鹄将至：鸿鹄，天鹅、大雁一类的鸟。据《孟子》记载，弈秋有两个学生，一个专心致志听老师讲下棋；另一个却认为鸿鹄将要飞来，想拿弓箭射它。后者的水平就不如前者。

借书查书目，到高中毕业的时候凭爱好、兴趣和需要，自己心里的书该是可以有像样的积累了。读完一本书，再读什么，像后浪催前浪，会有个数的。

饭要一口一口地吃，无妨细嚼慢咽，不致十盘八碗一口吞下去。仗要一仗一仗地打，打就打胜，不能四面出击，跟敌人拼消耗。写作要写好一篇，就反复推敲、修改、润色，直到自己满意为止。不能一连写三十篇都是草稿、半成品，却怪报刊编辑部老是"退稿，退稿"。一块好地都是杂草，连棵好苗都没有，怎么能奢望丰收？从两句话这把钥匙，不妨想到精读和博览的关系，想到工作的长计划短安排，想到领导人胸有成竹、指挥若定……

也许想得太远太玄了。这是我对"钥匙"的功能幻想。脚踏实地，不妨试从整理书桌做起：学富五车，桌子上只放最急需的一本书，并下决心把这唯一的一本书读懂、读熟、读通。

1981年国庆

拓展资料

吴伯箫自述

我原名熙成，伯箫是我的字。笔名曾有山屋、天荪，都很少用。一九〇六年农历二月十九日生于山东省莱芜县吴家花园。现任中国社会科学院文学研究所副所长。

在文艺战线我只是一个民兵。写作业余进行，不脱产[①]。生活在半殖民地半封建社会约三十一年。小时候家庭是富农，初小在本村，高小在县城，星期、假日都参加农业劳动：割麦、秋收、送饭、打场、放牛，零活多。念书为了能教书。五四运动后在曲阜师范学校学习五年，1924年夏毕业。在孔家教了一年家馆（教孔德成英文）。1931年夏从北京师范大学英语系毕业。在青岛大学（后改为山东大学）当过三年多校长办公室事务员。在简易济南乡村师范当过一年的教务主任兼国文教员。在山东省教育厅当过高等教育股主任科员。在简易莱阳乡师当校长约十个月，到抗日战争初期。

本文有删改。
①脱产：脱离直接生产，专门从事某项学习。这里指专门写作。

练习写作，是从1925年秋冬在北京师范大学开始的。那时坚持写日记，看到自习室同桌杨鸿烈每天为商务印书馆写小册子，引起动机，请他看一篇题为《白天与黑夜》的日记，问他："这样的东西也能发表吗？"他说："能。"语气很肯定。我便立刻抄一遍，寄给了《京报·副刊》。几天后竟然见报了，月底并寄来了稿费（大概是千字一元）。从此就陆续写。以《塾中杂记》为题写一组约五六篇，以《街头夜》为题写一组约四五篇，又一题一文写十多篇。

那时叔父和我同时上大学，家里靠卖粮食卖地来供给我们，生活比较困难。为筹措学费，断断续续给京官家庭的孩子补习功课，或到私立中学兼教英文，但都不经常，收入没有保证。比较可靠的是卖稿子。记得1927年寒假，没有路费回家，旧年要在北京过。年跟前手头一个钱也没有。想到琉璃厂初一到十五庙会，住琉璃厂师大校内，连招待赶会的朋友喝杯茶的钱都没有，怎么办？便在除夕逛大栅栏，回来赶写了《除夕时记》。誊清已五更，亲自送给《京报·副刊》，说明稿费要现钱；编辑迟疑一下，认为"文章应时"，又照顾老主顾，当场给我五块大洋，算勉强渡过了年关。

199

那时为什么写作？写了给谁看？想得很少，想也想得简单、浮浅。仿佛就为了换取稿费解决生活困难。默默中也对比光明与黑暗，写贫富悬殊、贵贱差别、内心不平，但用文艺作武器进行斗争，认识是很朦胧的。若反对军阀张作霖的黑暗统治自己油印传单，跟曹未风一起编印小报《烟囱》（满腔愤火只能冒烟）抨击时政、校务，还不失为锋芒尖锐的话，为报刊写稿子矛头所向就不那么鲜明了。

1931年以前写的短文，先后用在《京报》《晨报》和杨晦同志所编的副刊上。《新生》《努力学报》也用过。六年写了约四十篇，曾集为《街头夜》，跟北京一家小书店订了印行合同，不久"九一八事变"发生，作罢了。剪贴的稿本也散失了。

抗日战争以前六年写的东西，多数发表在《大公报·文艺》上，像《羽书》《我还没见过长城》《马》等；集为《羽书》，由王统照转交巴金办的文化生活出版社，编入《文学丛刊》第七集。在《水星》上发表的《海》和《天冬草》，还有用天荪笔名在上海刊物上发表的《理发到差》（因揭露了韩复榘的反动统治，曾被追查），都没有收入。王统照用笔名韦佩为《羽书》写的《序》，也没印在书上。出版时我在延安。全国第一次文代会时，巴金告诉我：稿费曾寄到济南，"我"因与敌人作战右臂受伤，用左手写信，又要一次稿费治伤。这显系有人冒充。后来，在东北无意中看到《抗战期间牺牲的文化人》一书里有我的名字，说"我"被敌人活埋，牺牲时英勇顽强，这种捏造大概也发生在那个时候。真是活见鬼！

《羽书》我只见到在桂林再版的一本。我把韦佩写的《序》剪贴在目录前边，保存了二十年。不幸"文化大革命"初期被打砸抢者抄走了，至今没有还我。

我1938年4月到延安，从此真正走上革命的道路。先在抗日军政大学第四期一大队政治班学习四个月，于当年11月参加八路军总政治部组织的抗战文艺工作组第三组，任组长，到晋东南前方工作。写了《潞安风物》《沁州行》两组通讯报道和《响堂铺》《路罗镇》等几篇散文，多寄给老舍转《抗战文艺》。

1939年5月从晋东南回延安，在陕甘宁边区文化协会工作。参加编《文艺突击》，后任秘书长。也在中国女子大学教书。写作很少。

1939年五四青年节，听了毛泽东同志的著名讲演

《青年运动的方向》,开始领会知识分子要与工农群众相结合的含义。

1941年8月光荣地加入中国共产党。

不久,林老(陕甘宁边区政府主席林伯渠同志)亲笔写信调我到边区政府教育厅工作,任中等教育科科长。这前后写了《向海洋》《书》《论忘我的境界》等几篇散文。

1942年5月,参加延安文艺座谈会,听了毛泽东同志光辉的《在延安文艺座谈会上的讲话》。第一次知道文艺应当为什么人和如何为法。紧接着参加了伟大的整风运动,努力改造世界观,从思想上入党。

1943年入中央党校第三部学习。参观陕北江南,写了《战斗的丰饶的南泥湾》;访问各根据地到延安的党政军干部,听他们谈抗战军民英勇斗争、可歌可泣的英雄事迹,如实地写了《一坛血》《黑红点》《化装》等。就是1955年作家出版社出版的《烟尘集》里收录的那些文章。

1945年日寇投降,抗战胜利。11月随延安大学干部队离开延安,先到张家口华北联合大学任中文系副主任,半年后又到佳木斯任东北大学社会科学院副院长。

编《东北文化》，办抗大式训练班。随学生下乡，跟农民同吃、同住、同劳动。写《十日记》。

学校先搬吉林，后搬长春，校名改为东北师范大学。先后任文学院副院长、副教务长。主要搞教学行政。写作不多。

1949年7月到北京出席全国第一次文代会，为理事。理事会上定为秘书长，因有学校工作，未能到职。

1951年到1954年春，在沈阳担任东北教育学院副院长。——从离开延安到这时整十年中间，写的很少几篇东西曾集为《出发集》，由上海新文艺出版社印行。都不算什么创作，想得深些的是《出发点》和《范明枢先生》。

1954年春调人民教育出版社，任副社长兼副总编辑，参加编《文学》课本，兼办中国作家协会的文学讲习所，任所长。担任《文艺学习》编委。1956年全国总工会组织作家参观团，任南团团长。走了太原、洛阳、武汉、南京、无锡、苏州、上海等七个城市。杭州未到。10月到民主德国参加"海涅学术会议"，往返一个月。国内之行，写了《难老泉》《钢铁的长虹》；国外之行写了《记海涅学术会议》（《诗刊》创刊号），

《论海涅》(《解放军文艺》),《谒列宁—斯大林墓》(《人民日报》),《记列宁博物馆》。

1963年秋入中央高级党校学习一年零一个月。

这期间,特别是严重的三年困难时期前后,宣传毛泽东思想,宣传延安艰苦奋斗的革命传统和优良作风,歌颂社会主义革命和社会主义建设的胜利花果,写了《北极星》《记一辆纺车》《菜园小记》《窑洞风景》《歌声》等二十来篇散文,1963年集为《北极星》,由作家出版社出版。

翻译在我是业余的业余。只在延安的时候,从艾思奇同志所存的一种英译本转译过海涅的诗《波罗的海》,由新文艺出版社出版。

1978年3月18日

读后闯关

一 《马》

1.作者围绕"家乡的日子是有趣的"写了哪些事情？请根据文章内容完成下面图表。

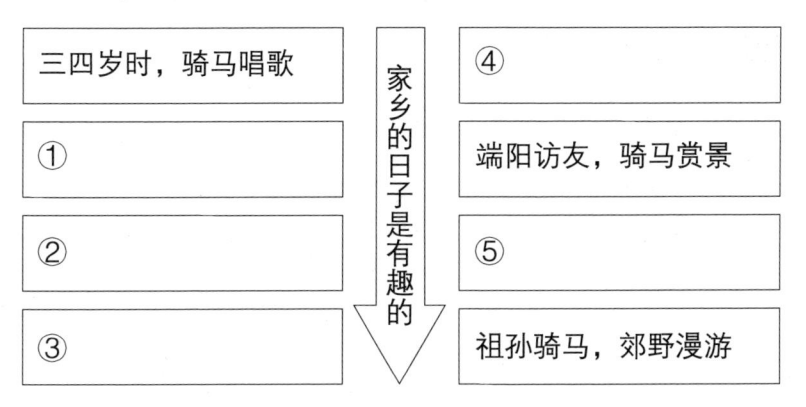

家乡的日子是有趣的	
三四岁时，骑马唱歌	④
①	端阳访友，骑马赏景
②	⑤
③	祖孙骑马，郊野漫游

2.作者在叙述事件的过程中，融合了描写、抒情、议论等多种表达方式。以文中"端阳访友，骑马赏景"这件事为例，简要分析其中两种表达方式的作用。

3.文章的语言给人以节奏明快与典雅之感，你认为文章是如何达到这两种效果的？

4.文章的感情基调是怎样的？文章与《灯笼》在主旨上有什么相似之处？

二 《我还没见过长城》

1. 作者在第三段中说"没去看长城才是遗憾",请你说说他"遗憾"的原因。
2. 请用几个简明的词语梳理文章的感情脉络。
3. 请分析作者的创作意图。

三 《"调皮司令部"》

1. 在武城战斗末尾,"调皮司令部"的任务是什么?结合全文,说说副排长为什么敢交给他们这个任务?
2. 请从"调皮司令部"中选取两个你喜爱的人物,概括他们的性格品质。
3. 从发现敌军到与本部会合,小班长遇到了哪些情况?他是如何应对的?
4. "调皮司令部"的战士闲时散漫爱闹,但做起事来认真稳重。这种集相反的性格于一身的人,往往具有强大的人格魅力。请你从文学作品中再找一个这样的人,写出展现他(她)的性格的具体情节。

四 《记一辆纺车》

1. 文章主要谈了"纺线"的哪些方面？请你用简单的词语分别概括。

2. 作者认为，"跟困难作斗争，其乐无穷"。请你结合生活实际，谈谈对这句话的理解。

参考答案

一 《马》

1. ①姐姐省亲，骑马归来；②年初三四，雪野赛马（春郊试马）；③春节期间（直到上元），骑马访亲；④孟春时节，骑马踏青；⑤放假回家，骑马过瘾。

2. 通过叙述，交待了时间、地点、人物和事件的经过；通过描写人物衣着、途中景物与人物活动，营造了美好的氛围，表现了"我"愉悦的心情；通过议论，表达对美好境界和美食的赞美；用"最喜那满天星斗"抒发对家乡夜景的喜爱之情。（答对其中两处即可）

3. 文章大量使用短句使语言节奏明快；文章运用许多典雅的词、句，引用大量典故，化用古诗词，使语言典雅。

4. 感情基调：愉快、温馨、热烈、豪迈。

主旨相似处：表达了对往事的怀念，对家乡的热爱；展现了家国情怀。

二 《我还没见过长城》

1. ①在北京呆过六年，看了很多名胜，却没见过长城。②孩提时脑海里就印上长城的伟大影子，却一直无缘见到。

③长城是中华文明的象征，是世界人类的标帜，举世无双。

2.惭愧（遗憾）——憧憬（赞美）——遗憾与自责交织——表明决心（满怀豪情）

3.创作意图：①弘扬一种"不到长城非好汉"的进取精神。作者曾长居北京，却没有见过长城，文章流露出深深的惭愧、遗憾和自责，而这一切都是进取心的间接体现。长城不仅是风景名胜，更是一种进取精神的象征。②弘扬爱国精神。这篇文章写于1936年，东北人民在日寇铁蹄下已经屈辱生存了六个年头。作者书写作为中国这个文明古国标志的长城，字里行间满怀豪情，结尾部分深化主旨，流露出"投笔从戎"的意愿，并呼吁那些麻木懵懂的民众清醒过来，"壮起胆来"，准备为收复失地、保家卫国而奋斗。

三 《"调皮司令部"》

1.他们的任务是在河边通城里的要道警戒，于必要时打麻雀战，拖住敌人。因为他们虽然年龄小，但军龄都在三年以上，经多识广，对待正事毫不含糊，有勇有谋。

2.示例："调皮参谋长"：不讲卫生，爱开玩笑，直率自信。王小马：平时吊儿郎当，话多，不拘小节，打仗勇敢而灵活。

3.①发现敌军，小班长命令战士们卧下，避免暴露目标。

209

②敌军继续前进，小班长焦急，但仍稳住，伺机而动。③敌军突然停住，开始挖工事，小班长命令战士们冲上去扔手榴弹。④敌军受伤，小班长呼喊"连长"，佯装后面有增援部队，吓退敌人。⑤敌军边退边打，不敢靠近，小班长听取战士建议，组织抬回机枪和子弹，与部队成功会合。

4. 示例：《水浒传》中，鲁智深拳打镇关西勇猛果断，但他粗中有细、能伸能屈，见势不妙就迅速出逃。

四 《记一辆纺车》

1. 文章主要谈了纺线的用途、过程、技术要点、姿势、技术改革、竞赛活动以及纺线的意义。

2. 答题要点：讲述自己积极克服困难的事，说明这一过程带给自己的快乐。